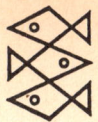

»›Uncle Sam Hotel‹ – das ist Amerika. Zwölf Stories vom Poeten des amerikanischen Underground Charles Bukowski. Geschichten, Szenen und Lebensbrocken von ganz unten; vom Saufen; vom Leben mit Säufern und Nutten und anderen Randexistenzen; von den feinen und den miesen Gelegenheitsjobs, bei denen es allemal nicht auszuhalten ist; von den Frauen, die ihn nicht halten konnten oder die ihn verließen; von der Einsamkeit, vom Verfall ... Bukowskis Welt ist eingeteilt in Leute, die kaputt sind, es aber nicht merken. Und in Leute, die nicht funktionieren, aber wahrnehmen, wie kaputt sie sind und was um sie herum vorgeht ...

Bukowski schreibt keine Literatur der Verzweiflung oder Lust am Verfall. Es ist eine merkwürdig geschärfte Wachheit, mit der die Fragmente des fortlaufenden Lebens vom Erzähler ergriffen oder erinnert werden. Was an den Texten bestürzt, sind nicht allein die obszönen, brutalen und elenden Realitätsstoffe. Bestürzend an ihnen ist vor allem die Genauigkeit des einzelnen ... Bukowskis Sauf- und Liebesgeschichten enthalten mehr Zärtlichkeit als alle glanzpolierten Liebesfilme zusammen. Wieder braucht es ein bißchen Zeit, ehe man kapiert, daß noch die brutalsten Stories diese Zärtlichkeit nicht verraten, obschon sie bis an die Grenze des Erträglichen gehen.«

Frankfurter Rundschau

Charles Bukowski wurde 1920 in Andernach am Rhein als Sohn deutsch-polnischer Eltern geboren. Im Alter von zwei Jahren kam er in die USA, wuchs in den Slums ostamerikanischer Großstädte auf, war Mitglied jugendlicher Banden, saß im Gefängnis und im Irrenhaus, arbeitete u. a. als Leichenwäscher, Tankwart, Werbetexter für ein Luxusbordell, Nachtportier, Sportreporter, Hafenarbeiter, Zuhälter und Briefsortierer. Mit 35 Jahren begann er zu schreiben; zuerst Gedichte für Underground-Gazetten, später Erzählungen, für die ihn Genet, Henry Miller und Sartre als »poète maudit« des heutigen Amerika feierten. Bukowski starb am 9. März 1994 in Los Angeles.

Die lieferbaren Titel von Charles Bukowski finden Sie in einer Anzeige am Ende dieses Buches.

Charles Bukowski

Das Leben und Sterben im Uncle Sam Hotel

Stories

Aus dem Amerikanischen
von Carl Weissner

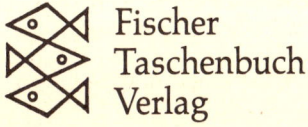

Fischer
Taschenbuch
Verlag

Die Stories in diesem Band, geschrieben zwischen 1968 und 1971, erschienen zuerst in den Undergroundzeitschriften *Open City, Nola Express* und *Berkeley Barb* sowie in verschiedenen Zeitschriften (*Evergreen Review, Knight, Pix*) und anschließend in dem Sammelband ERECTIONS, EJACULATIONS, EXHIBITIONS AND GENERAL TALES OF ORDINARY MADNESS (City Light Books, San Francisco 1972)

Bukowski-Foto: Ayn Cavellini

40.–42. Tausend: Januar 1997

Veröffentlicht im Fischer Taschenbuch Verlag GmbH, Frankfurt am Main, Dezember 1990

Lizenzausgabe mit freundlicher Genehmigung des Maro Verlags, Benno Käsmayr, Augsburg
Copyright © 1972 by Charles Bukowski
Für die deutsche Ausgabe:
Copyright © Maro Verlag, Benno Käsmayr, Augsburg 1978
Druck und Bindung: Clausen & Bosse, Leck
Printed in Germany
ISBN 3-596-10479-3

Gedruckt auf chlor- und säurefreiem Papier

Inhalt

Drei Frauen

Wir wohnten direkt gegenüber vom McArthur Park, Linda und ich. Und eines Abends, als wir am Trinken waren, sahen wir draußen vor unserem Fenster den Körper eines Mannes herunterfallen. Es war ein merkwürdiger Anblick, fast wie ein Witz, aber als er unten aufs Pflaster knallte, war es kein Witz mehr. »Heiliger Strohsack«, sagte ich zu Linda, »der ist geplatzt wie 'ne alte Tomate! Wir bestehen aus nix als Kuddeln und Scheiße und glitschigem Zeug! Komm her! Komm her! Sieh dir das an!« Linda kam ans Fenster. Dann rannte sie ins Klo und kotzte. Als sie wieder rauskam, drehte ich mich um und sah sie an. »Wirklich wahr, Baby, das sieht aus wie 'ne Riesenportion vergammeltes Hackfleisch und Spaghetti mit 'nem zerfetzten Hemd und Anzug drum herum!« Linda rannte wieder rein und reiherte nochmal.

Ich setzte mich hin und trank meinen Wein. Bald danach hörte ich den Krankenwagen. Was die da unten wirklich brauchten, war die Stadtreinigung. Naja, zum Teufel damit, wir hatten alle unsere Probleme. Ich wußte nie, woher das Geld für die Miete kam, und wir waren vom Trinken so geschlaucht, daß wir uns keine Arbeit suchen konnten. So oft wir uns deshalb Sorgen machten, blieb uns gegen die Sorgen kein anderes Mittel als ficken. Das half uns, die Sache wieder für eine Weile zu vergessen. Wir fickten oft und viel, und zu meinem Glück war Linda darin sehr gut.

Das ganze Hotel war voll von Leuten wie wir. Sie tranken Wein und fickten und wußten nicht, wie es weitergehen sollte. Ab und zu sprang jemand aus dem Fenster. Für uns schien allerdings immer mal wieder Geld zu kommen von irgendwo her, gerade wenn alles danach aussah, als müßten wir demnächst unsere eigene Scheiße löffeln. Einmal war es eine 300-Dollar-Erbschaft von einem verstorbenen Onkel, das nächste Mal eine verspätete Steuerrückzahlung. Ein andermal fuhr ich in einem Bus, und auf dem Sitz vor mir lagen lauter 50-Cent-Stücke. Was das sollte oder wer das gemacht hatte, wußte ich nicht. Ich verstehe es heute noch nicht. Ich rückte eine Reihe vor und fing an, mir die Münzen in die Taschen zu stopfen. Als meine Taschen voll waren, zog ich an der Schnur und stieg an der nächsten Haltestelle aus. Niemand sagte etwas, niemand versuchte mich daran zu hindern. Ich meine, als Säufer muß man eben Glück haben. Selbst wenn man keiner ist, muß man Glück haben.

Einen Teil des Tages verbrachten wir immer im Park, wo wir den Enten zusahen. Wenn man vom ständigen Trinken ı:nd Mangel an ordentlicher Nahrung gesundheitlich am Stock geht und schlapp ist vom vielen Ficken, bei dem man seine Probleme vergessen will – da weiß man diese Enten so richtig zu schätzen, das könnt ihr mir glauben. Ich meine, man muß einfach aus seinen vier Wänden heraus, andernfalls kriegt man den tiefschwarzen Blues, und bald kann es soweit sein, daß man selber aus dem Fenster springt.

Also Linda und ich saßen da immer auf einer Bank und sahen den Enten zu. Diese Enten hatten nicht die geringsten Sorgen. Keine Miete, keine Kleider, und immer was zu essen. Einfach rumpaddeln, scheißen und schnattern. Und die ganze Zeit waren sie am Schnäbeln und Futtern. Ab und zu kam jemand aus dem Hotel bei Nacht heraus, fing sich so eine Ente, drehte ihr den Hals um, nahm sie mit auf sein Zimmer, rupfte sie und schlug sie in die Pfanne. Wir beide spielten auch mit dem Gedanken, aber wir taten es nie. Die Tiere waren ohnehin sehr schwer zu fangen. Kaum war man nahe genug heran, da machte es PLATSCH, man kriegte eine Ladung Wasser ins Gesicht, und der Motherfucker war weg.

Die meiste Zeit lebten wir von kleinen Pfannkuchen aus Mehl und Wasser. Ein Kerl aus der Nachbarschaft hatte einen Garten und spezialisierte sich auf Mais. Dem klauten wir ab und zu seine Maiskolben. Ich glaube nicht, daß er jemals auch nur einen einzigen Kolben selber zu essen bekam. Und dann gab es noch ein Lebensmittelgeschäft, das draußen auf dem Bürgersteig einen Gemüsestand hatte, wo man immer mal was stehlen konnte. Das brachte gelegentlich eine Tomate oder zwei. Oder eine kleine Salatgurke. Aber wir waren kleine Diebe, Amateure, und da mußten wir uns in erster Linie auf unser Glück verlassen. Am einfachsten waren Zigaretten zu beschaffen. Dazu genügte ein nächtlicher Spaziergang. Irgend jemand ließ immer ein Autofenster offen und eine ganze oder halbe Packung Zigaretten auf dem Armaturenbrett. Der Wein und die Miete, das waren natürlich die echten Probleme, und wir fickten und plagten uns damit herum.

Eines Tages war es dann soweit. Unsere Lage war endgültig hoffnungslos geworden. Kein Wein mehr, kein Glück mehr, kein gar nichts mehr. Im Spirituosenladen ließ man uns nicht mehr anschreiben, und die Frau vom Hotel ließ sich nicht mehr vertrösten. Ich beschloß, den Wecker auf 5.30 Uhr zu stellen und runter zum Farm Labor Market zu gehen, aber selbst der Wecker funktionierte nicht mehr richtig. Er war mal kaputt gegangen, und ich hatte ihn aufgemacht, um ihn zu reparieren. Die Feder war gebrochen, und ich hatte nur eine Möglichkeit gesehen, das Ding wieder in Gang zu bringen: die verkürzte Feder anklemmen, Deckel drauf und aufziehen. Falls ihr euch dafür interessiert, wie sich eine verkürzte Feder bei einem Wecker auswirkt – und vermutlich bei jeder anderen Uhr auch –, dann will ich es euch gerne verraten: je kürzer die Feder, desto schneller gehen die Uhrzeiger rum. Ich kann euch sagen, dieser Wecker spielte total verrückt. Wenn wir ausgelaugt waren vom vielen Ficken, das uns von unseren Schwierigkeiten ablenken sollte, sahen wir uns immer diesen Wecker an und versuchten zu erraten, wieviel Uhr es nun wirklich war. Man konnte richtig zusehen, wie sich der große Zeiger bewegte. Wir lachten immer darüber.

Es dauerte eine ganze Woche, bis wir endlich kapierten, was los war: für jede 12 echten Stunden riß der Wecker *dreißig* ab. Außerdem mußte man ihn alle sieben oder acht Stunden aufziehen, sonst blieb er stehen. Manchmal wachten wir auf, sahen den Wecker an und fragten uns, wieviel Uhr es war. »Shit«, sagte ich dann immer, »also komm, Baby, kannst du dir das nicht zusammenreimen? Der Wecker geht 2½ mal schneller als er sollte. Ist doch einfach.«

»Yeah, aber wieviel Uhr war es, als wir ihn das letzte Mal gestellt haben?«, fragte sie.

»Ich will verdammt sein, wenn ich's weiß, Baby. Ich war besoffen.«

»Naja, dann zieh ihn wenigstens auf, sonst bleibt er uns stehen.«

»Okay.«

Ich zog ihn auf, und dann fickten wir.

Jedenfalls, für den Morgen, an dem ich zum Farm Labor Market wollte, konnte ich mir den Wecker nicht stellen. Wir kamen irgendwie zu einer Flasche Wein und tranken sie. Langsam. Ich behielt ständig diesen Wecker im Auge. Ich wußte nicht recht, warum eigentlich, aber da ich Angst hatte, am nächsten Morgen zu verschlafen, lag ich einfach da auf dem Bett und tat die ganze Nacht kein Auge zu. Dann stand ich auf, zog mich an und ging zu Fuß in die San Pedro Street. Dort schienen sie alle nur herumzustehen und zu warten. Auf den Fenstersimsen lagen ziemlich viele Tomaten. Ich nahm mir zwei oder drei und aß sie. Es gab eine große schwarze Tafel, auf der stand: »BAUMWOLLPFLÜCKER FÜR BAKERSFIELD GESUCHT. UNTERKUNFT UND VERPFLEGUNG FREI.« Was zum Teufel sollte das nun wieder? *Baumwolle? In Bakersfield, California?* Ich hatte immer gedacht Eli Whitney und seine Pflückmaschine hätten das alles längst klar gemacht.

Dann fuhr ein großer Lastwagen vor, und es stellte sich heraus, daß sie Tomatenpflücker brauchten. Na, Scheiße, ich haßte es. Linda so allein in diesem Bett zurückzulassen. Allein hielt sie es im Bett nie lange aus. Aber ich beschloß, es trotzdem zu riskieren. Alle fingen jetzt an, auf den Lastwagen zu steigen. Ich wartete, bis sämtliche Ladies an Bord waren – und es waren einige dicke Exemplare da. Als alle oben waren, begann auch ich rauf zu klettern. Ein wuchtiger Mexikaner, offensichtlich der Vorarbeiter, machte mir vor der Nase die Luke dicht. »Tut mir leid, Señor. Wir sind voll.« Sie fuhren ohne mich ab.

Es war jetzt fast 9 Uhr, und der Rückweg zum Hotel dauerte eine Stunde. Ich ging an all diesen gut gekleideten, stupid dreinsehenden Menschen vorbei. Und einmal hätte mich beinahe ein wütender Mann in einem schwarzen Cadillac über den Haufen gefahren. Ich weiß nicht, auf was er wütend war. Vielleicht auf das Wetter. Es war ein heißer Tag. Als ich ins Hotel kam, mußte ich durchs Treppenhaus nach oben, denn der Fahrstuhl war direkt neben dem Büro der Verwalterin, und die murkste ständig an diesem Fahrstuhl herum, putzte entweder die Messingstangen oder schnüffelte ganz offen hinter ihren Mietern her.

Unser Zimmer lag in der 6. Etage, und als ich davorstand, hörte ich von drinnen Gelächter. Linda, dieses Luder. Hatte es wohl gar nicht erwarten können, einen draufzumachen. Na, der würde ich den Arsch polieren. Und *ihm* auch. Ich machte die Tür auf.

Es waren Linda und Jeanie und Eve.

»Sweetie!«, sagte Linda. Sie kam zu mir her. Sie hatte sich in Schale geworfen, hochhackige Schuhe und alles. Sie gab mir einen Kuß und legte eine Menge Zunge rein.

»Jeanie hat gerade ihre erste Arbeitslosenunterstützung kassiert, und Eve kriegt Geld von der Fürsorge! Wir feiern!«

Portwein stand da, in rauhen Mengen. Ich ging rein, nahm ein Bad und kam in Unterhosen wieder heraus. Ich zeigte immer gerne meine Beine her. Ich hatte die stärksten und gewaltigsten Beine, die ich je an einem Mann gesehen hatte. Der Rest von mir war nicht so weit her. Ich hockte mich in meinen zerfledderten Unterhosen hin und legte die Beine auf den Kaffeetisch.

»Shit! Sieh dir diese Beine an!«, sagte Jeanie.

»Yeah, yeah«, sagte Eve.

Linda lächelte.

Ich goß die Gläser voll.

Na, man weiß ja, wie so was geht. Wir tranken und redeten, redeten und tranken. Die Girls zogen los und holten noch mehr Wein. Dann wurde weiter geredet. Der Uhrzeiger drehte seine Runden. Bald war es dunkel. Ich trank inzwischen allein, immer noch in meinen zerfledderten Unterhosen. Jeanie war ins Schlafzimmer gegangen und besinnungslos aufs Bett gefallen. Eve lag besinnungslos auf der Couch, und Linda lag auf einer kleinen Ledercouch in dem schmalen Durchgang zwischen Wohn- und Schlafraum und war ebenfalls weg. Ich konnte immer noch nicht verstehen, warum mir dieser Mexikaner die Luke vor der Nase dichtgemacht hatte. Ich war unglücklich.

Ich ging ins Schlafzimmer und stieg zu Jeanie ins Bett. Sie war eine füllige Frau, und sie war nackt. Ich begann ihre Brustwarzen zu küssen und daran zu nuckeln.

»Hey! Was machst du da?«

»Was ich mache? Ich bin dabei, dich zu ficken!«

Ich steckte ihr meinen Finger in die Möse und schob ihn rein und raus. »Ich werde dich ficken!«

»Nein! Linda wird mich umbringen!«

»Die wird davon gar nichts mitkriegen.«

Ich stieg auf, sehr langsam und vorsichtig, damit die Sprungfedern nicht schepperten, und dann, UNENDLICH LANGSAM, schob ich ihn rein und raus, rein und raus, und als es mir kam, dachte ich, es würde nie mehr aufhören. Es war einer der besten Ficks meines Lebens. Und als ich mir mit dem Bettlaken den Schwanz abtrocknete, kam mir der Gedanke: es könnte sein, daß der Mensch sich beim Ficken schon seit Jahrhunderten falsch anstellt...

Dann setzte ich mich wieder vorne ins dunkle Zimmer und trank weiter. Ich weiß nicht mehr, wie lange ich da saß. Ich trank eine ganze Menge. Dann ging ich rüber zu Eve. Eve, der Sozialfall. Sie war ein dralles Wesen, schon ein bißchen faltig, aber ihre Lippen waren sehr sexy, auf eine häßliche obszöne Art sexy. Ich begann diesen schauerlich schönen Mund zu küssen. Sie protestierte nicht im geringsten. Sie machte die Beine breit, und ich steckte ihn bei ihr rein. Sie furzte und grunzte, schniefte und wackelte mit dem Hintern wie ein kleines Ferkel. Als es mir kam, war es nicht ein langes Erdbeben wie bei Jane sondern nur ein bißchen Geplätscher, und dann war es vorbei. Ich stieg wieder ab. Und ich saß noch nicht ganz auf meinem Stuhl, da hörte ich sie schon wieder schnarchen. Erstaunlich. Sie fickte, wie sie atmete. Nichts weiter dabei. Jede Frau machte es ein klein wenig anders, und das war es, was einen Mann dazu brachte, daß er weitermachte und immer wieder darauf hereinfiel.

Ich setzte mich und trank noch einiges und dachte daran, was mir dieser dreckige Schweinepriester auf dem Lastwagen angetan hatte. Es machte sich eben doch nicht bezahlt, wenn man zuvorkommend war. Dann begann ich mir die Sache mit der Fürsorge zu überlegen. Konnten ein Mann und eine Frau auch Unterstützung kriegen, wenn sie nicht verheiratet waren? Natürlich nicht. Sie hatten gefälligst zu verhungern. Und »Liebe«, das war auch so ein anstößiges Wort. Aber so ein bißchen was davon mußte es wohl sein, das mit Linda und mir. Liebe. Deshalb hungerten wir zusammen, tranken zusammen, lebten zusammen. Und was war mit Heirat? Heirat bedeutete, daß der Fick nun sanktioniert war, und ein sanktionierter Fick wurde irgendwann unweigerlich LANGWEILIG, wurde zu einem JOB. Aber genau das war es, was alle Welt wollte: einen armen vergrämten Hundesohn, der in der Falle saß und seinen Job tun mußte. Na, scheiß drauf. Dann würde ich eben in die Gosse abwandern, und Linda könnte mit Big Eddie zusammenziehen. Big Eddie war ein Idiot, aber wenigstens würde er ihr was zum Anziehen kaufen können, und sie würde ein paar Steaks in den Bauch kriegen, und das war mehr, als ich ihr bieten konnte.

Elefantenbein Bukowski. Der soziale Versager.

Ich machte die Flasche leer und entschied, daß ich ein bißchen Schlaf brauchte. Ich zog den Wecker auf und kroch zu Linda auf die Couch. Sie wurde wach und fing an, sich an mir zu reiben. »Oh shit, oh shit«, sagte sie, »ich weiß gar nicht, was mit mir los ist.«

»Was hast du denn, Baby? Bist du krank? Soll ich im Krankenhaus anrufen?«

»Shit, nee! Geil bin ich! GEIL! Ich bin ja so GEIL!«

»Was?«

»Ich sag', ich bin geil wie nur was! FICK MICH!«

»Linda . . .«

»Was denn? Was?«

»Ich bin zu müde. Zwei Nächte nicht geschlafen. Dieser lange Fußmarsch zum Labor Market und zurück, 32 Blocks in der heißen Sonne . . . alles für die Katz. Kein Job. Ich bin hundemüde.«

»Dann mach' ich dich eben *wach*!«

»Wie meinst du das?«

Sie kroch an mir herunter und begann mir den Penis abzuschlecken. Ich gab einen matten Seufzer von mir. »Honey . . . 32 Blocks in der heißen Sonne . . . ich bin ausgebrannt.«

Sie machte weiter. Sie hatte eine Sandpapierzunge, und sie wußte, wie man sich damit anstellt.

»Honey«, sagte ich zu ihr. »Ich bin eine soziale Null! Du bist viel zu gut für mich! Hör auf, ich bitte dich!«

Wie gesagt, sie war gut. Manche können es, manche nicht.

Die meisten kennen nur die alte Tour, immer rauf und runter. Linda fing mit dem Penis an, ging zu den Eiern über, dann wieder zurück zum Penis, der jetzt kerzengerade stand, und dabei entwickelte sie eine märchenhafte Energie. Und die Schwanzspitze selbst sparte sie immer aus. Schließlich hatte sie mich soweit, daß ich die Zimmerdecke anstöhnte und ihr alle möglichen Lügen erzählte, von wegen was ich alles für sie tun würde, wenn ich meinen Arsch endlich auf Vordermann gebracht und der Gosse den Rücken gekehrt hätte.

Dann stülpte sie mir ihre Lippen über den Schwanz, nahm ungefähr ein Drittel von dem Ding in den Mund, saugte sich dran fest und grub ein bißchen ihre Wolfszähne rein. Und es kam mir NOCH EINMAL. Das war nun das vierte Mal in dieser Nacht, und ich war restlos geschafft. Manche Frauen verstehen mehr als die ganze medizinische Wissenschaft.

Als ich aufwachte, waren alle drei schon zugange und hatten sich ausgehfertig gemacht. Sie sahen gut aus. Linda, Jeanie und Eve. Sie knufften mich in die Rippen und sagten lachend: »Hey, Hank, wir gehn jetzt runter und suchen uns einen Freier! Und wir brauchen dringend 'n kräftigen Schluck zum Aufwachen! Wir sind da unten im Tommi- Hi.«
»Okay, okay. Goodbye!«
Sie gingen hüftschwenkend aus der Tür.
Die Männerwelt war eben für ewige Zeiten verdammt. Ich war gerade wieder halb eingeschlafen, als das Telefon klingelte.
»Yeah?«
»Mr. Bukowski?«
»Yeah?«
»Ich habe diese Frauen gesehen! Die sind aus Ihrem Zimmer gekommen!«
»Woher wollen Sie das wissen? Sie haben hier acht Etagen und auf jeder sind ungefähr zehn oder zwölf Zimmer . . .«
»Ich kenne meine Mieter, Mr. Bukowski! Wir haben hier nur anständige Leute, die einer ordentlichen Arbeit nachgehen!«
»So?«
»Ja, Mr. Bukowski. Ich führe dieses Hotel schon seit

2 Jahren, und noch nie habe ich so etwas erlebt wie das da in Ihrem Zimmer, NOCH NIE! Wir hatten hier immer nur anständige Leute, Mr. Bukowski.«

»Ja, die sind so anständig, daß alle zwei Wochen so ein Arschloch aufs Dach steigt und sich mit 'nem Hechtsprung auf Ihren betonierten Vorplatz runterstürzt, direkt zwischen Ihre nachgemachten Topfpflanzen rein.«

»Sie haben bis heute mittag um 12, um Ihr Zimmer zu räumen, Mr. Bukowski!«

»Wieviel Uhr ist es jetzt?«

»Acht.«

»Danke.«

Ich legte auf. Fand ein Alka-Seltzer und ein verdrecktes Glas. Ich trank es herunter. Dann entdeckte ich noch einen Rest Wein. Ich zog die Vorhänge auf und sah hinaus, sah mir die Sonne an. Das Leben war hart. Man bekam nichts geschenkt auf dieser Welt. Aber ich haßte es, in der Gosse zu leben. Ich hatte gerne eine kleine Bude, aus der man der Welt so was wie einen Kampf liefern konnte. Eine Frau. Was zu trinken. Aber keinen Job, keinen 8-Stunden-Tag. Das kriegte ich nicht zusammen. Ich war nicht clever genug. Ich spielte mit dem Gedanken, aus dem Fenster zu springen, brachte es aber nicht fertig. Ich zog mich an und ging runter ins Tommi-Hi. Die Girls saßen mit zwei Typen hinten an der Bar und lachten. Marty der Barkeeper kannte mich. Ich winkte ab. Kein Geld.

Ich saß da. Ein Scotch mit Soda tauchte vor mir auf. Und ein Zettel.

»Komm um Mitternacht ins Kakerlaken-Hotel, Zimmer 12. Wir haben das Zimmer für uns. Deine Linda.«

Ich trank das Glas aus und verdrückte mich. Um Mitternacht erschien ich im Kakerlaken-Hotel, und der Mann an der Rezeption sagte: »Nichts zu machen. Für einen Bukowski ist kein Zimmer 12 reserviert.«

Ich kam um 1 Uhr wieder. Ich hatte im Park gesessen, den ganzen Tag, den ganzen Abend. Wieder dasselbe: »Für Sie ist kein Zimmer 12 reserviert.«

»Ist vielleicht ein anderes Zimmer für mich reserviert? Oder auf den Namen Linda Bryan?«

Er sah seine Kladde durch.

»Nichts, Sir.«

»Hätten Sie was dagegen, wenn ich mal in Zimmer 12 nachsehe?«

»Ich hab' Ihnen doch gesagt, da *ist* niemand, Sir.«

»Ich bin verliebt, Mann. Tut mir leid. Bitte, lassen Sie mich nachsehen.«

Er warf mir einen dieser Blicke zu, wie man sie für arme Irre parat hat. Dann schmiß er mir den Schlüssel hin.

»Aber wenn Sie nicht in 5 Minuten wieder da sind, gibt's Ärger.«

Ich schloß die Zimmertür auf, knipste das Licht an: »Linda...!« Die Kakerlaken flüchteten vor dem Licht unter die Tapete. Es waren tausende. Als ich das Licht wieder ausknipste, konnte man sie alle wieder herauskriechen hören. Die Tapete selbst schien ein einziger riesiger Chitinpanzer zu sein.

Ich fuhr mit dem Aufzug nach unten und ging wieder an die Rezeption.

»Danke«, sagte ich. »Sie hatten recht. In Zimmer 12 ist niemand.«

Zum erstenmal schien seine Stimme jetzt einen etwas wärmeren Tonfall anzunehmen.

»Tut mir leid, Mann.«

»Danke«, sagte ich.

Als ich aus dem Hotel kam, ging ich nach links, Richtung Osten, Richtung Pennerviertel, und während mich meine Füße langsam dorthin trugen, fragte ich mich: warum lügen einen die Menschen an? Heute frage ich mich das nicht mehr, aber ich denke immer noch daran zurück. Wenn sie heute lügen, merke ich es ihnen fast schon an, aber ich bin immer noch nicht so gewitzt wie der Mann vom Kakerlaken-Hotel, der wußte, daß die Lüge allgegenwärtig ist. Oder die Leute, die sich an meinem Fenster vorbeistürzten, während ich Portwein trank an warmen Nachmittagen in Los Angeles, direkt gegenüber vom McArthur Park, wo sie nach wie vor die Enten – und die Menschen – fangen, killen und fressen.

Das Hotel steht noch, und das Zimmer, in dem wir damals hausten, ist auch noch da. Und wenn ihr mal vorbeikommen wollt, kann ich's euch zeigen. Aber das hätte wohl nicht viel Sinn, oder? Sagen wir einfach, daß ich dort in einer Nacht mal drei Frauen hatte. Oder sie mich. Und damit genug von dieser Story.

Der Anfänger

Naja, ich stieg vom Totenbett herunter und entkam aus dem Landeskrankenhaus und erwischte einen Job als Pakker. Ich hatte samstags und sonntags frei, und an einem dieser Samstage setzte ich mich mal mit Madge zusammen und beredete die Sache:

»Schau her, Baby, ich bin nicht scharf drauf, wieder im Armenkrankenhaus zu landen. Ich müßte irgendwas finden, was mich ein bißchen vom Trinken abhält. Zum Beispiel heute. Wüßte nicht, was ich anderes anfangen soll als saufen. Für Kino hab' ich nichts übrig, ein Besuch im Zoo ödet mich an, ficken können wir auch nicht den ganzen Tag – es ist wirklich ein Problem.«

»Warst du schon mal auf 'ner Rennbahn?«

»Was ist denn das?«

»Da lassen sie Pferde laufen. Auf die kann man wetten.«

»Sind heute irgendwo Rennen?«

»Hollywood Park.«

»Dann mal hin.«

Madge zeigte mir, wie man hinkam. Es war noch eine Stunde Zeit bis zum ersten Rennen, aber der Parkplatz war schon fast voll. Wir mußten den Wagen ungefähr eine halbe Meile vom Eingang entfernt abstellen.

»Sieht so aus, als kämen hier 'n Haufen Leute her.«

»Ja, tun sie auch.«

»Was machen wir, wenn wir da reinkommen?«

»Du wettest auf ein Pferd.«

»Auf welches?«

»Egal. Suchst dir halt eins aus.«

»Kann man da Geld gewinnen?«

»Manchmal.«

Wir bezahlten unseren Eintritt, und dann standen da all diese Zeitungsjungen herum und hielten uns ihre Blätter entgegen:

»Holt euch eure Sieger! Wollt ihr zu Geld kommen? Hier stehn eure Außenseiter drin!«

Es gab eine Bude mit vier Leuten drin. Drei von ihnen verkauften einem ihre Renntips für 50 Cents, der vierte verlangte einen Dollar. Madge sagte, ich solle zwei Programme und eine Rennzeitung kaufen. In der Rennzeitung, sagte sie, stehe genau drin, wie die Pferde bisher abgeschnitten hätten. Dann erklärte sie mir die einzelnen Wetten: Sieg, Platz, Einlauf und ›across the board‹.

»Servieren sie hier auch Bier?«, fragte ich.

»Aber ja. Sie haben sogar Bars.«

Als wir reingingen, stellten wir fest, daß alle Plätze besetzt waren. Wir fanden eine Bank, ganz hinten, wo sie so etwas wie einen kleinen Park hatten. Wir besorgten uns zwei Biere und schlugen die Rennzeitung auf. Nichts als ein Haufen Zahlen.

»Ich geh' einfach immer nach den Namen der Pferde«, sagte sie.

»Zieh deinen Rock runter. Die starren alle deinen Arsch an.«

»Oje. Entschuldige, Daddy.«

»Da hast du 6 Dollar. Die kannst du heute verwetten.«

»Harry«, sagte sie, »du bist eine Seele von einem Menschen.«

Na, wir studierten diese Zahlen, d. h. ich tat es, und jeder trank noch ein Bier, und dann gingen wir unter der Haupttribüne durch, nach vorn zur Bahn. Die Pferde kamen gerade zum ersten Rennen heraus. Lauter so kleine Kerle saßen auf ihnen und trugen sehr mondäne Seidenhemden. Manche Fans schrien den Jockeys irgendwas entgegen, doch die Jockeys reagierten sehr gelassen. Sie ignorierten die Fans. Sie schienen sich sogar ein bißchen zu langweilen.

»Das ist Willy Shoemaker.« Sie zeigte auf einen von ihnen. Willy Shoemaker machte ein Gesicht, als wolle er im nächsten Augenblick gähnen. Ich langweilte mich auch. Es waren zuviele Leute da, und die Leute hatten irgendwas an sich, was einen deprimierte.

»So, jetzt plazier deine Wette«, sagte sie.

Ich sagte Madge, wo wir uns wieder treffen würden, und dann stellte ich mich an einem der 2-Dollar-Fenster an. Überall standen lange Schlangen. Ich hatte das Gefühl, daß die Leute überhaupt nicht wetten wollten. Sie wirkten lustlos. Ich hatte gerade mein Ticket in der Hand, als ich den Ansager hörte: »Sie sind am Start!«

Ich fand Madge wieder. Das Rennen ging über eine Meile, und wir standen am Einlauf.

»Ich hab' auf GREEN FANG gesetzt«, sagte ich zu ihr.

»Ich auch«, sagte sie.

Ich hatte das Gefühl, als würden wir gewinnen. Ein Pferd mit so einem Namen; und wenn man sich ansah, wie es das letzte Rennen nach Hause gelaufen war – das sah nach einem Sieger aus. Und das bei 7 : 1.

Sie preschten aus der Startmaschine, und der Ansager begann die Reihenfolge durchzugeben. Es dauerte eine ganze Weile, bis er zu GREEN FANG kam. Madge ließ einen Schrei los.

»GREEN FANG!« schrie sie.

Ich konnte nichts sehen. Überall standen Leute. Es wurde geschrien, und Madge begann jetzt auf und ab zu hüpfen und zu brüllen: »GREEN FANG! GREEN FANG!«

Alles sprang auf und brüllte. Ich sagte keinen Ton. Dann kamen die Pferde an uns vorbei.

»Wer hat gesiegt?« fragte ich.

»Ich weiß nicht«, sagte Madge. »Ist es nicht aufregend?«

»Yeah.«

Dann leuchteten auf der Anzeigetafel die Nummern auf. Der 7 : 5 Favorit hatte gesiegt, einer mit 9 : 2 war zweiter und einer mit 3 : 1 war dritter geworden.

Wir zerrissen unsere Wettscheine und gingen zurück zu unserer Bank.

Wir sahen in die Rennzeitung und beschäftigten uns mit dem nächsten Rennen.

»Diesmal gehen wir aber vom Einlauf weg, damit wir was sehen.«

»Okay«, sagte Madge.

Wir besorgten uns zwei Biere.

»Das ganze Ding ist stupid«, sagte ich. »Diese ganzen Idioten, die rumhüpfen und brüllen, und jeder feuert einen anderen Gaul an. Wo ist eigentlich GREEN FANG gelandet?«

»Ich weiß nicht. Hatte so einen hübschen Namen.«

»Kennen denn diese Pferde ihre Namen? Meinst du, die rennen deshalb anders?«

»Du bist einfach wütend, weil du ein Rennen verloren hast. Es kommen noch mehr Rennen.«

Sie hatte recht. Es kamen noch mehr.

Wir verloren weiter. Die Leute sahen allmählich sehr unglücklich drein, sogar verzweifelt. Sie wirkten wie vor den Kopf geschlagen, häßlich. Sie liefen in einen rein, latschten einem auf die Füße, und nie ein Wort der Entschuldigung. Nicht einmal zu einem »sorry« reichte es.

Ich wettete jetzt nur noch rein mechanisch, da ich nun mal da war. Nach den ersten drei Rennen war Madge ihre 6 Dollar los, und von mir bekam sie nichts mehr. Ich merkte allmählich, daß das Gewinnen sehr schwer war. Auf welches Pferd man auch setzte, es siegte immer ein anderes. Ich sah mir die Notierungen schon gar nicht mehr an.

Im Hauptrennen setzte ich auf einen Gaul namens CLAREMOUNT III. Er hatte sein letztes Rennen spielend gewonnen und kriegte jetzt für das Handicap-Rennen 10 Pfund draufgepackt. Ich hatte Madge inzwischen runter zur letzten Kurve bugsiert und machte mir keine großen Hoffnungen auf einen Sieg. Auf der Anzeigetafel sah ich, daß CLAREMOUNT III mit 25 : 1 notiert wurde. Ich trank den Rest Bier aus meinem Pappbecher und warf ihn weg. Sie kamen in die Kurve, und dann sagte der Ansager: »Hier kommt CLAREMOUNT III!«

Und ich sagte: »Oh nee!«

Und Madge sagte: »Hast du auf den gesetzt?«

Und ich sagte: »Yeah.«

CLAREMOUNT III ging an den drei vor ihm liegenden Pferden vorbei und lief einen Vorsprung heraus, der nach sechs Längen aussah. Er war ganz allein da vorne.

»Menschenskind«, sagte ich, »auf den hab' ich gesetzt.«

»Oh Harry! Harry!«

»Darauf trinken wir einen«, sagte ich.

Wir fanden eine Bar und gaben unsere Bestellung auf. Kein Bier diesmal. Whisky.

»Er hatte CLAREMOUNT III«, sagte Madge zum Barkeeper.

»Yeah«, sagte der.

»Yup«, sagte ich und versuchte wie ein Oldtimer zu klingen. Wie immer die auch klingen mochten.

Ich drehte mich um und sah auf die Anzeigetafel. CLARE-
MOUNT zahlte 52,40.
»Ich glaube, dieses Spiel läßt sich in den Griff kriegen«,
sagte ich zu Madge. »Sieh mal, wenn du auf Sieg setzt,
mußt du nicht unbedingt jedes Rennen gewinnen. Ein oder
zwei satte Treffer, und du bist überm Berg.«
»Das stimmt«, sagte Madge, »da hast du recht.«
Ich gab ihr zwei Dollar, und dann schlugen wir wieder die
Rennzeitung auf. Ich fühlte mich zuversichtlich. Ich sah
mir die Pferde durch und warf einen Blick auf die Anzeige-
tafel.
»Da haben wir ihn«, sagte ich. »LUCKY MAX. Er steht
jetzt bei 9 : 1. Wenn du auf LUCKY MAX nicht setzt, bist
du verrückt. Er ist eindeutig der beste, und er wird mit 9 : 1
notiert. Diese Leute hier sind alle dämlich.«
Wir brachen auf, und ich holte unterwegs meine $ 52,40
ab.
Dann setzte ich auf LUCKY MAX. Zwei Dollar auf Sieg.
Spaßeshalber ließ ich mir gleich zwei Tickets geben.
Es ging über eine Meile und eine sechzehntel. Und das
Finish erinnerte an eine Kavallerie-Attacke. So an die fünf
Pferde gingen nebeneinander durchs Ziel. Wir warteten auf
das Zielfoto. LUCKY MAX hatte die Nummer 6. Die
Nummer des Siegers leuchtete auf:
6.
Großer Gott. LUCKY MAX.
Madge geriet außer sich. Sie fiel mir um den Hals, küßte
mich ab, hüpfte auf und nieder.
Sie hatte auch auf das Pferd gesetzt.
Die Notierung war auf 10 : 1 gestiegen. Es gab $ 22,80. Ich
zeigte Madge das zweite Ticket. Sie ließ einen Schrei los.
Wir gingen zurück an die Bar. Dort stellten sie bereits die
Stühle auf die Tische. Wir konnten gerade noch zwei
Drinks ergattern, ehe das Lokal schloß.
»Warten wir, bis sich die Reihen lichten«, sagte ich, »dann
holen wir unser Geld ab.«
»Gefällt dir das mit den Pferden, Harry?«
»Es geht«, sagte ich. »Sie sind eindeutig zu schlagen.«
Wir standen da mit unseren eisgekühlten Drinks und sahen
zu, wie sich die Menge durch den Tunnel drängte und dann
hinaus auf den Parkplatz.

»Herrgottnochmal«, sagte ich zu Madge, »zieh dir deine Strümpfe hoch. Du siehst aus wie ein Waschweib.«

»Oje. Entschuldige, Daddy.«

Sie bückte sich, und ich sah sie an und dachte: bald werde ich mir ein bißchen was besseres leisten können als die da.

Mhm.

Penner

Man weiß ja, wie es so geht, wenn man auf Pferde wettet. Man erwischt eine Glückssträhne und bildet sich ein, es sei alles gelaufen. Ich hatte diese Wohnung nach hinten raus, hatte sogar meinen eigenen Garten, in dem ich alle Arten von Tulpen anpflanzte, die bemerkenswert prächtig gediehen. Ich hatte eine glückliche Hand mit dem Grünzeug. Und mit den grünen Dollarnoten. Was für ein System ich mir damals ausgetüftelt hatte, weiß ich heute nicht mehr, jedenfalls klappte es damit. Es arbeitete für mich, und ich konnte die Hände in den Schoß legen. Und auf die Tour lebt sich's recht angenehm.

Und dann war da Kathy. Kathy hatte alles, was man sich wünscht. Dem alten Knacker von nebenan lief buchstäblich der Sabber aus dem Mund, wenn er sie sah. Er kam ständig an und klopfte an die Tür. »Kathy!... ooh, Kathy! Kathy!«

Ich ging dann immer an die Tür, mit nichts als ein Paar Unterhosen an.

»Ooooh, ich dachte...«

»Was willst du denn, du Wichser?«

»Ich dachte, Kathy...«

»Kathy sitzt auf'm Scheißhaus. Soll ich ihr was ausrichten?«

»Ich... ich hab' diese Knochen hier mitgebracht, für euren Hund.«

Er hatte eine große Tüte mit alten Hühnerknochen in der Hand.

»Einen Hund mit Hühnerknochen zu füttern, ist genauso schlimm, als würde man einem Kind abgebrochene Rasierklingen in die Cornflakes tun. Willst du meinen Hund vielleicht umbringen, du Arschloch?«

»Oh! Nein!«

»Dann klemm dir deine Knochen und mach die Fliege.«

»Ich versteh nicht...«

»Du sollst dir deine Hühnerknochen in den Arsch stecken und machen daß du hier verschwindest!«

»Aber ich dachte doch bloß, daß Kathy vielleicht...«

»Ich hab' dir doch *gesagt*, Kathy sitzt auf'm *Scheißhaus*!« Und damit knallte ich ihm die Küchentür vor der Nase zu.

»Du mußt zu dem alten Stinker nicht so grob sein, Hank. Er sagt, ich erinner' ihn an seine Tochter, als sie noch klein war.«

»Na schön, dann hat er's eben mit seiner Tochter getrieben. Soll er doch 'n Schweizer Käse pimpern. Ich will ihn hier nicht dauernd an der Tür haben.«

»Wahrscheinlich fragst du dich jedesmal, wenn du auf den Rennplatz fährst, ob ich ihn nicht grade hier reinlasse.«

»Das frag' ich mich schon gar nicht mehr.«

»Was denn dann?«

»Ich frag' mich bloß noch, wer von euch beiden obendrauf reitet.«

»Du elende Drecksau! Mach, daß du hier rauskommst!«

Ich hatte mir gerade Hemd und Hose angezogen und griff jetzt nach Socken und Schuhen.

»Ich bin noch keine vier Ecken weit, da liegt ihr euch schon in den Armen.«

Sie warf ein Buch nach mir. Ich sah gerade nicht hin, und das Buch traf mich mit der Kante über dem rechten Auge. Es gab einen Riß, und ein Klacks Blut tropfte mir auf die Hand, als ich mir eben den rechten Schuh zubinden wollte.

»Das tut mir leid, Hank.«

»Geh mir bloß aus dem Weg!«

Ich ging raus, stieg ins Auto, setzte mit 50 Sachen rückwärts raus, nahm einen Teil der Hecke mit, dann mit dem linken hinteren Kotflügel eine Portion Putz von der Hauswand. Inzwischen hatte ich auch Blut auf dem Hemd, und ich holte mein Taschentuch heraus und drückte es auf die Stelle über dem Auge. Das würde ein mieser Samstag auf der Rennbahn werden, mit dieser Wut im Bauch.

Ich wettete, als sei schon die Atombombe unterwegs. Ich war entschlossen, zehn Riesen abzusahnen. Ich setzte auf Außenseiter. Es klappte nicht mit einer einzigen Wette. Ich verlor alles, was ich mitgebracht hatte. $ 500. Einen ein-

samen Dollar hatte ich noch in der Tasche. Ich fuhr langsam nach Hause. Das würde ein fürchterlicher Samstag-
abend werden. Ich parkte den Wagen und ging zur Küchentür rein.

»Hank...«

»Was?«

»Du siehst aus wie der leibhaftige Tod. Was ist passiert?«

»Ich hab' alles verschissen. Die ganzen 500.«

»Jessas, das tut mir leid«, sagte sie. »Das ist meine
Schuld.« Sie kam zu mir her, nahm mich in die Arme.
»Verdammt. Es tut mir leid, Daddy. Das war alles meine
Schuld. Ich weiß es.«

»Vergiß es. Du hast die Wetten nicht plaziert.«

»Bist du immer noch wütend auf mich?«

»Nein. Nein. Ich weiß, daß du mit dem alten Truthahn
nicht rumfickst.«

»Kann ich dir was zu essen machen?«

»Nein. Nein. Hol uns 'ne halbe Flasche Whisky. Und bring
die Zeitung mit.«

Ich stand auf und ging an das Versteck, wo wir unser Geld
hatten. Wir waren auf $ 180 herunter. Naja, es war oft
schon schlimmer gewesen. Trotzdem, ich hatte das Gefühl,
als hieße es für mich wieder zurück in die Fabriken und
Lagerhäuser. Falls ich dort überhaupt noch unterkam.
Ich nahm mir 10 Dollar. Der Hund mochte mich immer
noch. Ich zog ihn an den Ohren. Ihm war es egal, wieviel
oder wie wenig Geld ich hatte. Ein echter Kumpel, dieser
Hund. Yeah. Ich kam wieder aus dem Schlafzimmer heraus. Kathy stand vor dem Spiegel und malte sich die Lippen
an. Ich kniff sie in den Arsch und küßte sie hinters Ohr

»Bring mir auch ein paar Flaschen Bier. Und Zigarren. Ich
muß einiges vergessen.«

Sie ging. Ich saß da und hörte auf das Klappern ihrer hohen
Absätze draußen im Hof. Die beste Frau, die ich je gefunden hatte. Und ich hatte sie in einer Kneipe gefunden. Ich
lehnte mich zurück und starrte an die Decke. Ein Penner.
Ich war ein Penner. Immer dieser Widerwille, wenn es um
Arbeit ging. Immer wieder der Versuch, sich durchzumo-
geln, auf gut Glück.

Als Kathy zurückkam, sagte ich ihr, daß ich ein volles Glas

brauchte. Sie wußte Bescheid. Sie pellte sogar das Zellophan von der Zigarre und rauchte sie für mich an. Sie sah lustig damit aus. Und schön. Wir würden uns lieben. Mochte auch alles noch so traurig sein. Ich haßte den Gedanken, alles wieder zu verlieren: Auto, Wohnung, Hund, Frau. Es war ein leichtes und angenehmes Leben gewesen.

Der Schreck mußte mir wohl sehr in die Knochen gefahren sein, denn ich schlug die Zeitung auf und sah mir den STELLENMARKT an.

»Hey, Kathy, da ist was. Männliche Arbeitskräfte gesucht Für morgen. Geld wird sofort ausbezahlt.«

»Ach Hank, ruh dich doch morgen aus. Am Dienstag wird's schon wieder laufen mit den Pferden. Dann sieht alles wieder besser aus.«

»Aber Baby, shit, jeder Dollar zählt! Sonntags sind keine Pferderennen. In Caliente, ja, aber das ist erstens zu weit und zweitens kassieren sie dort 25 %, da kommt man nie aus dem Schneider. Ich kann mir heute abend einen ansaufen, und morgen klemm ich mir diesen verschissenen Job da. Die paar Dollar extra können entscheidend sein!«

Kathy warf mir einen komischen Blick zu. So hatte sie mich noch nie reden hören. Ich tat immer so, als würde ich Geldsorgen überhaupt nicht kennen. Dieser 500-Dollar-Verlust hatte mir einen Schock versetzt. Sie goß mir noch ein Glas voll. Ich trank es in einem Zug herunter. Der Schock. Mein Gott, die Fabriken, die verhunzten Tage, die Tage ohne Sinn, die Tage der Bosse und Idioten, und die langsame erbarmungslose Uhr.

Wir tranken bis 2 Uhr morgens, wie in der Kneipe, dann gingen wir zu Bett, liebten uns, schliefen. Ich stellte den Wecker auf 4 Uhr. Dann raus aus den Federn, rein ins Auto, und eine halbe Stunde später war ich downtown, im Elendsviertel. Ich stand mit ungefähr 25 abgerissenen Pennern an der Ecke. Sie standen rum, drehten sich Zigaretten und tranken Wein.

Naja, dachte ich, es bringt Geld. Ich komm' schon wieder hoch ... eines Tages werde ich Ferien machen in Paris, oder in Rom. Scheiß auf diese Kerle. Ich gehör' nicht hier her.

Dann sagte etwas in mir: ›Aber das denken sie doch ALLE. *Ich gehör nicht hier her.* Jeder einzelne von ihnen denkt das von sich. Und sie haben recht damit. Also?‹

Der Lastwagen kam so gegen zehn nach 5 und wir kletterten rauf.

Gott, um die Zeit könnte ich jetzt an Kathy's herrlichem Arsch liegen und schlafen. Aber ... das Geld, das Geld.

Um mich herum redeten sie davon, daß sie gerade aus Güterwaggons gestiegen waren. Sie stanken auch danach, die armen Kerle. Aber sie schienen sich nicht elend zu fühlen. Ich war der einzige, der sich elend fühlte.

Zu Hause würde ich jetzt gerade aufstehen und pissen gehen. Ich würde in der Küche ein Bier trinken, nach der Sonne sehen, zusehen, wie es draußen heller wurde, einen Blick auf meine Tulpen werfen und mich wieder zu Kathy ins Bett legen.

»Hey, Kumpel!«, sagte der Typ neben mir.

»Yeah«, sagte ich.

»Ich bin aus Frankreich«, sagte er.

Ich reagierte nicht.

»Kannst du 'n Blowjob gebrauchen?«

»Nee«, sagte ich.

»Heute morgen hab' ich hinterm Haus einen gesehen, der einen Kerl geblasen hat. Und dieser Kerl hatte so'n LANGEN DÜNNEN weißen Schwanz, und der andere war noch voll am Lutschen und der Saft ist ihm aus dem Maul getropft. Ich hab' ihm zugesehn und zugesehn und ... Gott, ich bin ja so geil! Komm her und laß mich an dir lutschen, Kumpel!«

»Nee«, sagte ich, »im Moment ist mir nicht danach.«

»Naja, wenn ich's bei dir nicht machen kann, vielleicht kannst du dann mir einen runterlutschen.«

»Hau bloß ab hier!« sagte ich zu ihm.

Der Franzose verzog sich nach hinten auf die Ladefläche. Als wir eine Meile weiter waren, ging sein Kopf bereits rauf und runter. Er machte es vor versammelter Mannschaft. Er besorgte es einem alten Typ, der aussah wie ein Indianer.

»GO, BABY!«, schrie jemand. »TANK DICH VOLL!!!«

Ein paar von den Strolchen lachten, aber die meisten schwiegen einfach, tranken ihren Wein und drehten sich Zigaretten. Der alte Indianer ließ sich überhaupt nichts anmerken. Als wir in die Vermont kamen, hatte der Franzose die Ladung intus, und wir stiegen alle aus. Der

Franzose, der Indianer, ich und die übrigen Penner. Jeder von uns bekam einen kleinen Bon. Damit gingen wir in ein Café. Der Bon war gut für eine Doughnut und eine Tasse Kaffee. Die Kellnerin rümpfte die Nase. Wir stanken. Lauter dreckige Schwanzlutscher.

Schließlich brüllte jemand: »Alle Mann raus!«

Ich ging hinter ihnen hinaus, und wir gingen in einen großen Raum und setzten uns auf solche Stühle, wie man sie früher in der Schule hatte, bzw. im College, etwa im Musikunterricht, mit so einem Brett, rechter Hand, als Schreibunterlage. Jedenfalls, da saßen wir nun weitere 45 Minuten. Dann kam irgendein rotznäsiger Kerl mit einer Dose Bier in der Hand an und sagte: »Okay, schnappt euch eure TASCHEN!«

Die Penner sprangen augenblicklich auf und RANNTEN nach hinten, in den nächsten großen Raum. Was soll der Scheiß?, dachte ich. Langsam ging ich nach hinten und sah hinein. Die Penner waren da drin, teilten Rippenstöße aus und balgten sich um die besten Zeitungstaschen. Es war ein verbissener und sinnloser Kampf. Als der letzte herausgekommen war, ging ich rein und nahm mir die erstbeste Tasche vom Boden. Sie war sehr verdreckt und zerrissen und hatte eine Menge Löcher. Als ich wieder in den vorderen Raum kam, hatten die Penner alle ihre Zeitungstaschen umgehängt, sie trugen sie auf dem Rücken. Ich fand einen Sitzplatz, und da saß ich dann, mit meiner Tasche auf dem Schoß. Irgendwann mußten sie wohl unsere Namen notiert haben; ich glaube, man gab seinen Namen an, ehe man den Bon für Kaffee und Doughnut bekam. Also wir saßen da, und dann wurden wir aufgerufen, in Gruppen von 5 oder 6 oder 7. Das schien eine weitere Stunde in Anspruch zu nehmen. Jedenfalls stand die Sonne schon hoch am Himmel, als ich schließlich mit ein paar anderen auf die Ladefläche eines kleineren Lastwagens kletterte. Jeder von uns bekam einen kleinen Stadtplan, auf dem die Straßen markiert waren, wo er seine Zeitungen austragen sollte. Ich faltete meinen Plan auseinander. Ich erkannte die Straßen auf Anhieb. Allmächtiger Gott. Von ganz Los Angeles hatten sie mir meine eigene Nachbarschaft gegeben!

Ich hatte einen gewissen Ruf als Trinker, Spieler, Schnorrer und Müßiggänger, der sich von Frauen aushalten ließ. Wie konnte ich mich da mit diesem verdreckten Sack auf meinem Buckel SEHEN lassen? Beim Austragen von Anzeigenblättchen?

Sie ließen mich an meiner Ecke raus. Sehr vertraute Umgebung, in der Tat. Da war der Blumenladen, dort die Bar, die Tankstelle, alles . . . und um die Ecke mein kleines Haus, wo Kathy in ihrem warmen Bett schlief. Sogar der Hund schlief noch. Naja, dachte ich, es ist Sonntagmorgen, da wird mich keiner sehen. Sie schlafen lange. Ich werde einfach meine gottverdammte Route absolvieren. Und das tat ich auch.

Ich brachte zwei Straßenzüge sehr schnell hinter mich, und niemand sah den großen Mann von Klasse mit den zarten weißen Händen und den großen Augen mit ihrem seelenvollen Blick. Ich würde ungeschoren über die Runden kommen.

Dann die dritte Straße rauf. Alles ging gut, bis ich plötzlich die Stimme eines kleinen Mädchens vernahm. Die Kleine war ungefähr 4 Jahre alt und stand in der Einfahrt ihres Elternhauses.

»Hey, Mister!«

»Oh. Ja? Was ist, Kleine?«

»Wo ist dein Hund?«

»Oh. Haha. Der schläft noch.«

»Oh.«

In dieser Straße führte ich immer meinen Hund aus. Es gab da ein leeres Grundstück, wo er immer reinschiß. Ich nahm meine ganzen restlichen Zeitungen und schmiß sie auf den Rücksitz eines Autowracks in der Nähe des Freeway. Das Auto stand schon seit Monaten da, ohne Räder. Ich wußte nicht, was das sollte, aber ich tat die ganzen Zeitungen da hinten rein. Dann bog ich um die Ecke und ging zu mir nach Hause. Kathy schlief noch. Ich weckte sie auf.

»Kathy! Kathy!«

»Oh, Hank . . . alles in Ordnung?«

Der Hund kam reingerannt. Ich tätschelte ihn.

»Weißt du, was diese Drecksäcke GEMACHT haben?«

»Was denn?«

»Sie haben mir meine *eigene* Nachbarschaft gegeben, zum Austragen von Zeitungen!«

»Oh. Naja, ist zwar nicht besonders nett, aber ich glaube, den Leuten hier ist das egal.«

»Aber verstehst du denn nicht? Ich hab' mir hier ein RENOMMEE aufgebaut! Als der große Schnorrer! Da kann ich mich doch nicht sehn lassen mit einem Sack voll Scheißkram auf dem Buckel!«

»Och, ich finde, so groß ist dein Renommee gar nicht. Das bildest du dir bloß ein.«

»Hör mal, willst du mir hier mit 'm Haufen Scheiß kommen? Du hast deinen Arsch hier im warmen Bett gehabt, während ich da draußen mit 'ner Bande Schwanzlutscher rumkutschiert bin!«

»Reg dich nicht auf. Ich muß mal Pipi machen. Augenblick.«

Ich wartete, während sie sich zu ihrem schläfrigen weiblichen Piß zurückzog. Gott, waren die LANGSAM! Die Möse war einfach kein leistungsfähiger Pißapparat. Mit einem Schwanz ging das viel schneller.

Kathy kam wieder.

»Mach dir bitte keine Sorgen, Hank. Ich zieh' mir ein altes Kleid an und helf' dir die Zeitungen austragen. Das haben wir bald. Sonntags schlafen die Leute immer lang.«

»Aber man hat mich bereits GESEHEN!«

»Man hat dich bereits gesehen? Wer denn?«

»Diese Kleine in dem braunen Haus mit dem Unkraut davor, in der Westmoreland Street.«

»Du meinst Myra?«

»Was weiß ich, wie sie heißt!«

»Die ist doch erst 3.«

»Ich hab' keine Ahnung, wie alt sie ist! Sie hat mich nach dem Hund gefragt!«

»Was ist denn mit dem Hund?«

»Sie hat gefragt, wo er IST!«

»Also komm' jetzt, ich helf' dir, die Zeitungen loszuwerden.«

Kathy stieg in ein altes zerfleddertes Kleid.

»Ich bin sie schon los. Ist alles gelaufen. Ich hab' sie in dieses alte Auto hinten reingeschmissen.«

»Und wenn es rauskommt?«

»SCHEISS DRAUF! Wen juckt's?«

Ich ging in die Küche und holte mir ein Bier. Als ich

zurückkam, lag Kathy wieder im Bett. Ich setzte mich in einen Sessel.

»Kathy?«

»Hm?«

»Du machst dir einfach nicht klar, mit wem du hier zusammenlebst! Ich hab' Klasse, echte Klasse! Ich bin 34, aber ich hab' seit meinem 18. Lebensjahr noch keine 6 oder 7 Monate gearbeitet. Und keinen Pfennig Geld. Sieh dir meine Hände an! Ich hab' Hände wie ein Pianist!«

»Klasse? Du solltest dich mal hören, wenn du besoffen bist! Du bist grauenhaft! Grauenhaft!«

»Willst du schon wieder Stunk anfangen, Kathy? Ich hab' dich verwöhnt, mit Pelzen und erstklassigem Sprit, seit ich dich in dieser Kaschemme in der Alvarado Street aufgelesen habe.«

Kathy gab keine Antwort.

»Tatsache ist«, eröffnete ich ihr, »ich bin ein Genie. Bloß daß es außer mir keiner weiß.«

»Das nehm' ich dir unbesehen ab«, sagte sie. Dann wühlte sie ihren Kopf ins Kissen und schlief weiter.

Ich trank das Bier aus und noch eins hinterher. Dann ging ich drei Blocks weiter und setzte mich vor einem geschlossenen Lebensmittelgeschäft auf die Stufen. Auf dem Plan stand, daß man mich hier abholen würde. Ich saß da von 10 Uhr morgens bis nachmittags halb 3. Es war öde und trocken und stupid, eine sinnlose Qual. Um halb 3 kam der verschissene Lastwagen an.

»Hey. Kumpel?«

»Hm?«

»Schon fertig?«

»Mhm.«

»Du bist aber fix.«

»Yep.«

»Ich hab' da 'n Kerl, der zu langsam ist. Dem hilfst du jetzt.«

Oh. Scheiße.

Ich stieg ein, und dann setzte er mich irgendwo ab. Da war dieser Typ. Er KROCH buchstäblich. Auf jede Veranda warf er mit größter Sorgfalt eine seiner Zeitungen. Jede Veranda kriegte einen extra Service. Und seine Arbeit schien ihm Spaß zu machen. Er war bei seinem letzten

Häuserblock angelangt. Ich machte das ganze Ding in 5 Minuten durch. Dann saßen wir da und warteten wieder auf den Lastwagen. Eine Stunde lang.

Sie fuhren uns zurück zum Büro, und dort saßen wir wieder auf unseren College-Stühlen. Dann kamen zwei rotznäsige Jungs mit Bierdose in der Hand heraus. Der eine rief die Namen auf, und der andere gab jedem Mann sein Geld.

Hinter den beiden Rotznasen war mit Kreide auf eine Schultafel geschrieben:

»WER 30 TAGE FÜR UNS ARBEITET
OHNE EINEN TAG ZU FEHLEN
BEKOMMT VON UNS
EINEN GETRAGENEN ANZUG
GESCHENKT.«

Ich sah zu, wie jeder Mann sein Geld ausgehändigt bekam. Es konnte nicht wahr sein. Es SAH SO AUS, als würden sie jedem drei einzelne Dollar-Noten geben. Der gesetzliche Mindestlohn betrug damals einen Dollar die Stunde. Ich war morgens um halb 5 angetanzt, und jetzt war es nachmittags halb 5. Für mich waren das zwölf Stunden.

Ich war einer der letzten, die aufgerufen wurden. Ich glaube, ich war der drittletzte. Keiner von diesen Pennern hatte bis jetzt Stunk gemacht. Sie hatten einfach die 3 Dollar genommen und waren rausgegangen.

»Bukowski!«, brüllte der rotznäsige Kid.

Ich ging hin. Der andere rotznäsige Kid zählte drei saubere nagelneue Washingtons ab.

»Hört mal«, sagte ich, »ist euch Typen nicht klar, daß es einen gesetzlichen Mindestlohn gibt? Ein Dollar die Stunde.«

Der Rotznäsige setzte seine Bierdose ab. »Wir ziehn die Fahrtkosten ab, Frühstück undsoweiter. Außerdem bezahlen wir nur die durchschnittliche Arbeitszeit, und die schätzen wir auf 3 Stunden oder so.«

»So wie ich es sehe, hab' ich zwölf Stunden meines Lebens geopfert. Außerdem muß ich jetzt mit dem Bus durch die halbe Stadt fahren bis dahin, wo ich mein Auto abgestellt hab', damit ich nach Hause fahren kann.«

»Sie können froh sein, daß Sie ein Auto haben.«

»Und du kannst froh sein, wenn ich dir deine Bierdose nicht in den Arsch ramme!«

»Ich habe in dieser Firma nicht das Sagen, Sir. Geben Sie mir bitte nicht die Schuld.«

»Euch verpfeif ich bei der Gewerbeaufsicht!«

»Robinson!«, brüllte die andere Rotznase.

Der vorletzte Penner erhob sich von seinem Platz, um seine 3 Dollar in Empfang zu nehmen. Ich ging aus der Tür und einen Block rauf zum Beverly Boulevard, um auf den Bus zu warten. Bis ich nach Hause kam und einen Drink in der Hand hatte, war es 18 Uhr oder so. Ich soff mir schwer einen an. Ich war so frustriert, daß ich Kathy dreimal durchfickte. Ich drosch eine Fensterscheibe kaputt. Trat mir eine Glasscherbe in den Fuß. Sang Songs von Gilbert & Sullivan, die ich mal von einem wahnsinnigen Englischlehrer gelernt hatte, der morgens die erste Stunde hatte. Sie fing schlag 7 an. Los Angeles City College. Richardson hieß er. Und vielleicht war er gar nicht wahnsinnig. Aber er brachte mir Gilbert und Sullivan bei und gab mir eine »4« in Englisch, weil ich nie vor halb 8 auftauchte. Wenn ich mich überhaupt mal blicken ließ. Aber das ist wieder eine andere Geschichte. Kathy und ich hatten in dieser Nacht einiges zu lachen, und obwohl ich einigen Bruch machte, war ich lange nicht so widerwärtig und stupid wie sonst.

Und an jenem Donnerstag gewann ich beim Pferderennen im Hollywood Park 140 Dollar und war wieder ganz der lässige Liebhaber, Schnorrer, Spieler, resozialisierte Zuhälter und Tulpenzüchter. Ich fuhr gemächlich unsere Einfahrt hoch und genoß den Rest der Abendsonne. Dann schlenderte ich zur Küchentür rein. Kathy hatte einen Hackbraten im Ofen, mit viel Zwiebeln und Gewürzen und Kram, genau wie ich es am liebsten hatte. Sie stand über den Herd gebeugt, und ich packte sie von hinten.

»Oooooo . . .«

»Hör zu, Baby . . .«

»Yeah?«

Sie stand da, mit einem großen triefenden Löffel in der Hand. Ich steckte ihr einen Zehner ins Kleid oben rein.

»Ich möchte, daß du mir ’ne halbe Flasche Whisky besorgst.«

»Aber sicher, klar.«

»Und Bier und Zigarren. Ich paß’ auf das Essen auf.«

Sie zog ihre Schürze aus und ging einen Augenblick ins

Bad. Ich hörte sie trällern. Einen Augenblick danach saß ich dann in meinem Sessel und hörte auf das Klappern ihrer hohen Absätze draußen in der Einfahrt. Ein Tennisball lag da. Ich warf ihn auf den Boden und er prallte an der Wand ab und flog hoch in die Luft. Der Hund – 5 Fuß lang und 3 Fuß hoch, ein halber Wolf – sprang in die Luft, seine Zähne schnappten zu, und dann hatte er den Tennisball, dicht an der Decke. Für einen Augenblick schien er da oben zu hängen. Was für ein schöner Hund, was für ein schönes Leben. Als er auf dem Fußboden landete, stand ich auf und sah nach dem Hackbraten. Er war in Ordnung. Und alles andere auch.

Barfuß

Barney hatte sie von hinten, während sie mich abkaute. Barney war als erster fertig, steckte ihr seinen großen Zeh in den Arsch, wackelte damit herum und sagte: »Wie gefällt dir das?« Sie hatte den Mund voll und konnte ihm nicht antworten. Sie blies mich zu Ende. Dann tranken wir ungefähr eine Stunde lang. Dann nahm ich mir ihr Spundloch vor, und Barney kriegte ihren Mund. Danach ging er zu sich nach Hause, ich zu mir. Ich trank mich in den Schlaf.

Es muß nachmittags um halb 5 gewesen sein, als die Türklingel schrillte. Es war Dan. Wenn ich mich elend fühlte oder Schlaf brauchte, kam unweigerlich Dan vorbei. Dan war so eine Art linker Intellektueller, der einen Lyrik-Workshop leitete und sich in klassischer Musik auskannte. Er hatte einen winzigen Bart und spickte seine Konversation immer mit diesen öden kleinen Bonmots; und was noch schlimmer war – er schrieb Gedichte, die sich reimten.

Ich sah ihn an. »Oh shit«, sagte ich.

»Ist dir mal wieder schlecht, Buk? Ach Gottchen, Buk muß kotzen!«

Wie recht er hatte. Ich rannte ins Badezimmer und ließ einen Schwall ab.

Als ich wieder reinkam, saß er auf meiner Couch und sah ziemlich hochnäsig drein.

»Yeah?«, sagte ich.

»Naja, wir brauchen einige Gedichte von dir. Für unsere Frühjahrs-Lesung.«

Ich ließ mich bei seinen Lesungen nie blicken, sie interessierten mich nicht, aber er kam jetzt schon seit Jahren an, und ich wußte nicht, wie ich ihn auf halbwegs anständige Weise loswerden sollte.

»Dan, ich hab' keine Gedichte.«

»Du hattest doch immer eine ganze Besenkammer voll.«

»Ich weiß.«

»Würde es dir was ausmachen, wenn ich mal nachsehe?«

»Nur zu.«

Ich ging an den Kühlschrank und kam mit einem Bier zurück.

Dan hatte jetzt einige zerknitterte Blätter in der Hand.

»Na, das hier ist doch gar nicht übel. Hmmm. Oh, aber das hier ist Scheiße! Und das hier ist Scheiße! Und das da auch! Heheheee! Was ist denn mit dir passiert, Bukowski?«

»Keine Ahnung.«

»Hmmmmmm. Das hier ist nicht *allzu* schlecht. Oooh, das da ist Scheiße! Und *das* da!«

Ich weiß nicht, wie viele Biere ich trank, während er seine Kommentare zu den Gedichten abgab, aber mit der Zeit begann ich mich etwas besser zu fühlen.

»Das hier ist...«

»Dan?«

»Ja? Ja?«

»Weißt du nicht 'ne Pussy für mich?«

»Was?«

»Ob du irgendwo 'ne Frau weißt, die rumliegt und so scharf drauf ist, daß sie sich auch mit 12 oder 15 cm zufrieden gibt.«

»Diese Gedichte hier...«

»Scheiß auf die Gedichte! Pussy, Mann! Pussy!«

»Naja, da wäre zum Beispiel Vera...«

»Los, gehn wir!«

»Ich würde gern ein paar von diesen Gedichten...«

»Du kannst sie haben. Willst du ein Bier, während ich mich anziehe?«

»Naja, eins könnte nicht schaden.«

Ich gab ihm eins, während ich aus meinem zerrissenen Bademantel und in meine abgewetzten Kleider stieg. Ein Paar Schuhe, Unterhose mit Löchern drin, und der Reißverschluß an der Hose ging nur ³/₄ hoch. Wir gingen aus der Tür, stiegen ins Auto. Unterwegs besorgte ich mir einen halben Liter Scotch.

»Ich hab' dich noch nie etwas essen sehen«, sagte Dan. »Ißt du denn nie?«

»Nur bestimmte Sachen.«

Er zeigte mir den Weg zu Veras Wohnung. Wir stiegen aus

– der Scotch, ich, Dan – und läuteten an der Tür eines Apartments, das reichlich teuer aussah.

Vera machte uns auf. »Ohh. Hallo, Dan.«

»Vera, das hier ist ... Charles Bukowski.«

»Ooooh, ich habe mich schon immer gefragt, wie Charles Bukowski wohl aussieht.«

»Yeh. Ich auch.« Ich schob mich an ihr vorbei. »Hast du Trinkgläser?«

»Ooooh. Ja.«

Vera kam mit den Gläsern an. Auf ihrer Couch saß irgendein Typ. Ich füllte zwei Gläser mit Scotch. Eins für sie, eins für mich. Dann setzte ich mich auf die Couch, zwischen Vera und den Typ, der da saß. Dan setzte sich uns gegenüber.

»Mr. Bukowski«, sagte Vera, »ich habe Ihre Gedichte gelesen und ...«

»Scheiß auf Gedichte«, sagte ich.

»Ooooh«, sagte Vera.

Ich trank den Scotch runter, langte zu ihr hinüber und flippte ihr das Kleid über die Knie hoch. »Du hast schöne Beine«, sagte ich zu ihr.

»Ich finde mich ein bißchen dick«, sagte sie.

»Ah, keine Spur! Genau richtig!«

Ich goß mir noch einen Scotch ein, beugte mich rüber und küßte sie aufs Knie. Ich trank einen kleinen Schluck aus meinem Glas und küßte sie auf eine Stelle oberhalb vom Knie.

»Ach zum Teufel, ich gehe!«, sagte der Typ, der am anderen Ende der Couch saß. Er stand auf und ging raus.

Zwischen meiner Küsserei machte ich ein bißchen langweilige Konversation. Und füllte ihr Glas nach. Bald hatte ich ihr das Kleid bis an den Arsch hoch. Ich sah ihren Schlüpfer. Er war sagenhaft. Nicht aus dem üblichen Material, sondern eher wie aus einer Steppdecke aus Omas Zeiten – lauter so abgesteppte Vierecke, die sich leicht wölbten; weiches, seidig glänzendes Material; genau wie eine Miniatur-Steppdecke in Form eines Damenschlüpfers – und in saftigen Farben: Grün und Blau und Gold und Lavendel. Richtige Hot pants. Weiß Gott, die mußte *heiß* sein, da drunter.

Ich zog meinen Kopf zwischen ihren Schenkeln heraus und

sah Dan an, der uns gegenüber saß und schwitzte. »Dan, mein Junge«, sagte ich. »Ich glaube, für dich wird es Zeit, daß du gehst.«

Dan, mein Junge, ging ohne großes Widerstreben; sah sich wohl unterwegs eine Peepshow an, damit ihm zu Hause das Onanieren besser von der Hand ging. Trotzdem, es muß hart für ihn gewesen sein. Mir war inzwischen auch einiges hart geworden. Und wie.

Ich setzte mich gerade und machte mir einen weiteren Drink. Sie wartete. Ich trank langsam.

»Charles«, sagte sie.

»Schau her«, sagte ich, »mir schmeckt mein Gesöff. Keine Sorge, zu dir komm' ich schon noch.«

Vera saß da, das Kleid bis an den Arsch hoch, und wartete.

»Ich bin zu dick«, sagte sie, »wirklich, findest du nicht auch?«

»Ach was. Perfekt. Ich könnte dich drei Stunden lang vergewaltigen. Du bist einfach wie aus Butter. Ich könnte ewig in dich reinschmelzen.«

Ich trank meinen Scotch aus und goß mir einen neuen ein.

»Charles«, sagte sie.

»Vera«, sagte ich.

»Was?«, fragte sie.

»Ich bin der größte Dichter der Welt«, eröffnete ich ihr.

»Von den lebenden oder den toten?«, fragte sie.

»Von den toten«, sagte ich. Ich langte rüber und griff mir eine Titte. »Am liebsten möchte ich dir einen lebendigen Kabeljau in den Arsch rammen, Vera.«

»Wieso?«

»Ach Gott, was weiß ich.«

Sie zurrte sich das Kleid wieder runter. Ich trank mein Glas leer.

»Du tust aus deiner Pussy auch noch pissen, nicht?«

»Schätze ja.«

»Tja, und das ist eben das Problem mit euch Weibern.«

»Charles, ich fürchte, ich muß dich bitten, daß du jetzt gehst. Ich muß morgen früh zur Arbeit.«

»Arbeit, Schlarbeit. Die Schlappheit schmatzt an der Sturheit.«

»Charles«, sagte sie, »bitte geh.«

»Keine Sorge, ich fick dich schon noch! Ich will bloß noch 'n bißchen was trinken. Ich bin ein Mensch, der gern was trinkt.«

Ich sah, wie sie aufstand, und da vergaß ich es und goß mir noch einen Drink ein. Als ich wieder hochsah, stand Vera mit einer anderen Frau da. Die andere sah auch ganz gut aus.

»Sir«, sagte die andere, »ich bin eine Freundin von Vera. Sie haben ihr Angst gemacht, und sie muß morgen früh aufstehen. Ich muß Sie bitten, daß Sie gehn!«

»HÖRT MAL, IHR VERGRÄTZTEN MÖSEN, ICH FICK EUCH ALLE BEIDE! EHRENWORT! LASST MICH BLOSS NOCH EIN PAAR GLÄSER TRINKEN, ODER IST DAS ZUVIEL VERLANGT? AUF EUCH ZWEI WARTEN SOLIDE 24 ZENTIMETER!«

Als dann die beiden Bullen hereinkamen, ging mein Whisky gerade zur Neige. Ich saß in Unterhosen auf der Couch, ohne Schuhe und Socken. Das Apartment war recht gemütlich. Es gefiel mir da drin.

»Gentlemen?«, fragte ich. »Sind Sie vom Nobelpreis-Komitee? Oder habe ich den Pulitzer gekriegt?«

»Ziehn Sie Ihre Hose an, und Ihre Schuhe«, sagte der eine. »SOFORT!«

»Gentlemen, ist Ihnen klar, mit wem Sie hier reden? Ich bin Charles Bukowski.«

»Ihre Personalien stellen wir fest, wenn wir im Revier sind. Ziehn Sie sich jetzt die Hose und die Schuhe an.«

Dann fesselten sie mir die Hände auf den Rücken. Wie üblich legten sie die Handschellen so eng an, daß es mir die Adern abdrückte. Dann bugsierten sie mich im Eilschritt nach draußen, eine abschüssige Einfahrt hinunter; sie legten so ein Tempo vor, daß meine Beine nicht mehr mitkamen. Ich hatte das Gefühl, als sehe die ganze Welt zu. Außerdem fühlte ich mich seltsam beschämt, schuldbewußt, beschissen, unvollkommen, wie eine verpißte Ameise, wie eine verschwendete Kugel aus einem Maschinengewehr.

»Sie sind wohl ein großer Liebhaber, was?«, fragte mich der eine.

Ich fand das eine merkwürdig freundliche und menschliche Bemerkung. »Es war ein nettes Apartment«, sagte ich.

»Und Sie hätten mal ihre Schlüpfer sehen sollen ...«

»Halt's Maul!«, sagte der andere.

Sie schmissen mich ohne allzu große Rücksicht in ihren Streifenwagen hinten rein. Ich legte mich lang und hörte mir die satten und überlegenen und göttergleichen Stimmen aus ihrem Polizeifunk an. In solchen Augenblicken kam mir immer der Gedanke, daß die Bullen vielleicht etwas Besseres waren als ich. Und da war wohl was dran...

Auf dem Revier gab es die üblichen Fotos fürs Album, und der Inhalt meiner Taschen wurde konfisziert. Man ging hier mit der Zeit, brachte sich immer auf den neuesten Stand. Dann kam ich vor einen Kerl in Zivil. Nach der problematischen Sache mit den Fingerabdrücken, wo ich wie immer Schwierigkeiten mit meinem linken Daumen hatte – »MIT GEFÜHL! LOCKER!« – immer dieses Schuldgefühl, weil ich den Daumen nicht locker genug abrollte ... aber wie konnte ein Mensch im Knast LOCKER sein?

Der Kerl in Zivil hatte ein grün liniiertes Blatt vor sich und stellte mir allerhand Fragen. Er lächelte in einer Tour.

»Diese Männer hier sind wie Tiere«, sagte er in vertraulichem Tonfall. »Ich mag Sie. Rufen Sie mich an, wenn Sie hier rauskommen.« Er gab mir einen Zettel. »Tiere«, sagte er, »das sind sie. Nehmen Sie sich in acht.«

»Ich ruf' Sie an«, log ich. Ich dachte, es würde mir vielleicht helfen. Wenn man da reinkommt, erscheint einem jedes mitfühlende Wort wie ein Wunder...

»Ein Anruf steht dir zu«, sagte der Schließer. »Mach ihn gleich.«

Er ließ mich aus der Säuferzelle, wo sie alle auf Brettern schliefen und sich anscheinend ganz wohl fühlten, Zigaretten schnorrten, schnarchten, lachten, pißten. Die Mexikaner wirkten besonders leger, als seien sie zu Hause in ihrem Schlafzimmer. Sie nahmen es so leicht, daß ich sie darum beneidete.

Ich ging raus und blätterte im Telefonbuch. In diesem Augenblick ging mir auf, daß ich keine Freunde hatte. Ich blätterte und blätterte.

»Hör mal«, sagte der Schließer, »wie lang brauchst du denn noch? Du stehst jetzt schon 15 Minuten da.«

Ich überlegte rasch und wählte eine Nummer. Das brachte mir nichts als einen Haufen Scheiß von der Mutter irgendeines Typs, der nicht zu Hause war. Sie sagte, ich sei schuld, daß ihr Sohn einmal eingebuchtet wurde, weil ich darauf bestand, daß er sich mit mir auf den Stufen eines Bestattungsinstituts an der Hauptstraße von Inglewood/Kalifornien schlafen legte. So aus Jux. Wir waren damals beide stockvoll. Die alte Zicke hatte keinen Sinn für Humor. Der Schließer steckte mich wieder in die Zelle.

Und jetzt fiel mir auf, daß ich im ganzen Knast der einzige war, der keine Socken anhatte. Es müssen 150 da drin gewesen sein, und 149 davon hatten Socken an. Viele waren erst vor kurzem aus Güterwaggons geklettert. Ich war der einzige ohne. Man konnte noch so tief sinken, es ging immer noch eine Stufe tiefer. Scheiße.

Jedesmal, wenn ein neuer Schließer ankam, fragte ich, ob ich jetzt meinen einen Anruf tätigen könne. Ich weiß nicht, wie viele Leute ich anrief. Schließlich gab ich auf und beschloß, da drin einfach zu verfaulen. Dann ging die Zellentür auf und mein Name wurde gerufen.

»Du kommst auf Kaution raus«, sagte der Schließer.

»Heiliger Strohsack«, sagte ich.

Die Prozedur dauert ungefähr eine Stunde. Während der ganzen Zeit fragte ich mich, wer wohl der Engel war. Ich dachte an alle möglichen Leute. Ich überlegte, wer von ihnen mein Freund sein könnte. Als ich draußen war, stellte sich heraus, daß es ein Kerl und seine Frau waren, von denen ich immer gedacht hatte, sie würden mich hassen. Sie warteten auf dem Gehsteig.

Sie fuhren mich zu mir nach Hause, wo ich ihnen das Geld für die Kaution zurückzahlte. Ich begleitete sie raus an ihr Auto, und gerade als ich wieder durch die Tür kam, klingelte das Telefon. Eine Frau war dran. Die Stimme hörte sich gut an.

»Buk?«

»Yeah, Baby? Wer bist du? Ich komme gerade aus dem Knast.«

Es war irgendeine Ische aus Sacramento. Ferngespräch. Ich kam mit meinem Schwanz nicht an sie ran, und Socken hatte ich auch noch keine an den Füßen.

»Manchmal les' ich deine ganzen Gedichtbände nochmal

durch, Buk, und die Gedichte bringen es alle noch. Voll. Buk, ich denk' die ganze Zeit an dich.«

»Dank' dir, Ann. Danke, daß du angerufen hast. Bist ein liebes Kind, aber ich muß jetzt dringend los und mir was zu trinken besorgen.«

»Ich hab' dich gern, Buk.«

»Ich dich auch, Ann...«

Ich ging los und besorgte mir eine Sechserpackung Bier, große Dosen, und einen halben Liter Scotch. Ich goß mir gerade den ersten Scotch ein, als das Telefon wieder klingelte. Ich kippte ein halbes Glas und hob ab.

»Buk?«

»Yeah. Buk. Ich komme gerade aus dem Knast.«

»Ja, ich weiß. Hier ist Vera.«

»Du miese Fotze. Du hast die Bullen geholt.«

»Du warst gräßlich. Gräßlich. Sie fragten mich, ob ich dich wegen Vergewaltigung anzeigen will. Ich sagte nein.«

Mit der Flasche Scotch und den sechs großen Dosen Bier im Bauch erschien ich dann an ihrer Tür. Sie hatte die Kette vor, aber ich konnte durch den Spalt reinsehen. Sie hatte einen Morgenrock an, der vorne offen war, und eine Titte drängte prall und saftig heraus und strebte mit Macht meinem Mund entgegen.

»Vera, Baby«, sagte ich. »Ich glaube, wir könnten gute Freunde sein. Sehr gute Freunde. Ich verzeih' dir, daß du die Bullen angerufen hast. Laß mich rein.«

»Nein. Nein, Buk, wir können niemals Freunde sein! Du bist ein gräßlicher Mensch!«

Diese eine Titte da ließ nicht locker. Sie bettelte mich an.

»Vera...!«

»Nein, Buk. Hier, nimm deine Sachen, und dann geh! Bitte!«

Ich schnappte mir meine Brieftasche und die Socken. »OK, Fettsau, schieb dir was in deinen wabbligen Arsch!«

»Ooooo!«, sagte sie. Und dann knallte sie die Tür zu.

Als ich in der Brieftasche nachsah, ob die 35 Dollar noch drin waren, hörte ich, wie sie was von Aaron Copeland auflegte. Was für eine öde Angeberin.

Ich ging raus und die Einfahrt runter, diesmal ohne Polizei-Eskorte. Ein Stück weiter unten entdeckte ich meinen Wagen. Ich stieg ein. Er sprang an. Ich ließ den Motor warmlaufen. Das gute alte Baby. Ich zog die Schuhe aus, streifte mir die Socken über, zog die Schuhe wieder an und war wieder ein anständiger Bürger. Ich machte den Rückwärtsgang rein, setzte zwischen zwei Wagen raus, kam frei, fuhr auf der nächtlichen Straße nach Norden...

Meiner Bude entgegen, mir selber, irgendwas. Die alte Knarre fand den Weg, und dann fand ich ihn auch. Und an einer Ampel fand ich im Aschenbecher eine halbe Zigarre, steckte sie an, versengte mir ein bißchen die Nase, die Ampel sprang auf grün, ich inhalierte, blies blauen Qualm von mir. Keiner war endgültig tot, solange er noch was riskierte, verlor und wieder von vorne anfing.

Merkwürdig. Von einem entgangenen Fick hat man manchmal mehr als von einer Nummer.

Obwohl ich mich da irren kann. Und das tue ich meistens, wie man sagt.

Auf Tauchstation
bei Marie Glaviano

Wieder einmal ging mir das Geld aus, aber diesmal im French Quarter von New Orleans, und Joe Blanchard, Herausgeber der Undergroundzeitung OVERTHROW, ging mit mir die Straße runter und um die Ecke, zu einem dieser dreckig-weißen Gebäude mit grünen Hurrikanfenstern und Stufen, die beinahe senkrecht hochgingen. Es war ein Sonntag. Ich erwartete Tantiemen, nein, einen Vorschuß für ein Buch mit dreckigen Stories, die ich für die Deutschen geschrieben hatte, aber die Deutschen schrieben mir ständig diesen Bullshit, von wegen daß ihr alter Herr, der Verlagsinhaber, ein Säufer sei, und sie seien tief in den roten Zahlen, weil der alte Herr das ganze Geld von der Bank abgehoben hatte, nein, er hatte das Konto sogar überzogen, weil er soviel trank und rumfickte, und deshalb waren sie pleite, aber sie würden den alten Herrn rausschmeißen, und sobald das ...

Blanchard drückte auf die Klingel.

Da kam dieses alte fette Girl an die Tür, sie wog so zwischen 250 und 300 Pfund. Sie hatte dieses riesige Tuch um sich rum drapiert, und ihre Augen waren sehr klein. Sie schienen das einzige an ihr zu sein, was klein war. Sie hieß Marie Glaviano und hatte ein Café im French Quarter, ein sehr kleines Café. Das war also noch etwas an ihr, was nicht besonders groß war – ihr Café. Aber es war ein nettes Café: rot-weiß karierte Tischdecken, teure Menüs und keine Kundschaft. Neben dem Eingang stand eine dieser altmodischen schwarzen Mammy Dolls. Die alte schwarze Mammy Doll erinnerte an gute Zeiten, alte Zeiten, die gute alte Zeit, aber damit war es längst vorbei. Die Touristen liefen inzwischen nur noch draußen rum und sahen sich Sachen an. Sie gingen nicht mehr in die Cafés. Sie soffen sich nicht einmal mehr die Hucke voll. Nichts lief mehr. Die guten Zeiten waren vorbei. Keiner gab einen Pfifferling darum, und keiner hatte Geld, und wer welches hatte, behielt es. Es war eine neue Zeit, und keine besonders interessante. Alle sahen sich die Revolutionäre und die Bullen an, wie sie einander an den Kragen gingen. Das war ganz unterhaltsam, und es kostete nichts, und sie behielten ihr Geld in den Taschen. Vorausgesetzt, sie hatten welches.

»Hallo, Marie«, sagte Blanchard. »Marie, das ist Charley Serkin. Charley, das ist Marie.«

»Tach«, sagte ich.

»Hallo«, sagte Marie Glaviano.

»Laß uns mal 'n Augenblick zu dir rein, Marie«, sagte Blanchard.

Wir kletterten die Stufen hoch und folgten ihr in eine dieser schlauchartigen Wohnungen – ich meine, mehr lang als breit – und dann kamen wir in die Küche und setzten uns an einen Tisch. Eine Vase voll Blumen stand darauf. Marie machte 3 Bierflaschen auf und setzte sich zu uns.

»Tja, Marie«, sagte Blanchard, »Charley ist ein Genie. Aber im Moment hängt er durch. Ich bin sicher, er kommt wieder hoch, aber im Moment... im Moment hat er keine Bleibe.«

Marie sah mich an. »Bist du ein Genie?«

Ich nahm einen tiefen Schluck aus meiner Bierflasche. »Naja, um ehrlich zu sein, das ist schwer zu sagen. Die meiste Zeit fühl' ich mich eher abnormal. Als hätt' ich lauter so große weiße Quader von Luft in meinem Schädel.«

»Der kann bleiben«, sagte Marie.

Inzwischen war es Montag, Maries einziger freier Tag, und Blanchard stand auf und ließ uns da in der Küche zurück. Dann fiel unten die Haustür ins Schloß, und er war weg.

»Was machst du so?«, fragte Marie.

»Ich schnorr' mich so durch«, sagte ich.

»Du erinnerst mich an Marty«, sagte sie.

»Marty?«, fragte ich und dachte: Ach Gott, jetzt kommt es. Und es kam.

»Na, du bist häßlich, weißt du. Naja, ich meine nicht häßlich, ich meine mitgenommen. Siehst wirklich arg mitgenommen aus, sogar noch mehr als Marty. Und der war Boxer. Warst du auch mal Boxer?«

»Das ist eins von meinen Problemen. Als Fighter hab' ich noch nie was getaugt.«

»Jedenfalls, du hast viel Ähnlichkeit mit Marty. Du hast so manches eingesteckt, aber du bist nett. Ich kenn' deinen Typ. Ich kenn' einen Mann, wenn ich einen sehe. Ich mag dein Gesicht. Du hast ein gutes Gesicht.«

Da ich nicht in der Lage war, etwas über *ihr* Gesicht zu sagen, fragte ich: »Hast du irgendwo Zigaretten, Marie?«

»Aber sicher, Honey.« Sie langte in dieses monströse Kleid und zog eine ganze Packung zwischen ihren Titten raus. Sie hätte da drin bequem die Einkäufe einer ganzen Woche unterbringen können. Sah irgendwie neckisch aus. Sie machte mir ein weiteres Bier auf.

Ich nahm einen kräftigen Schluck. Dann sagte ich zu ihr: »Ich könnte dich wahrscheinlich ficken, bis dir die Tränen kommen.«

»Also hör mal, Charley«, sagte sie, »so möcht' ich dich hier nicht reden hören. Ich bin ein anständiges Mädchen. Meine Mutter hat mich richtig erzogen. Wenn du so weiter redest, darfst du nicht bleiben.«

»Sorry, Marie. War nur ein Scherz.«

»Naja, aber die Art von Scherz kann ich nicht leiden.«

»Klar. Verstehe. Hast du Whisky?«

»Scotch.«

»Scotch ist mir recht.«

Sie brachte eine Halbliterflasche zum Vorschein, die noch beinahe voll war. Und zwei Trinkgläser. Sie mixte jedem von uns einen Scotch mit Leitungswasser. Diese Frau hatte Erfahrung, das sah man. Wahrscheinlich zehn Jahre mehr als ich. Naja, Alter war kein Verbrechen. Nur daß eben die meisten Menschen nicht mit Anstand alt wurden.

»Du bist genau wie Marty«, sagte sie jetzt wieder.

»Und du bist anders als alle, die ich bis jetzt erlebt habe«, sage ich.

»Magst du mich?«, fragte sie.

»Muß ja wohl«, sagte ich. Diesmal rotzte sie mich nicht an. Sie ließ es durchgehen. Wir tranken eine weitere Stunde oder zwei, meistens Bier, aber mit einem gelegentlichen Scotch dazwischen, und dann zeigte sie mir, wo ich schlafen sollte. Unterwegs kamen wir an einem Zimmer vorbei, und sie sagte mit Nachdruck: »Das da ist mein Bett.« Es war ziemlich breit. In meinem Zimmer standen zwei Betten nebeneinander. Sehr merkwürdig. Aber es hatte nichts weiter zu bedeuten. »Du kannst in dem einen schlafen oder in dem anderen«, sagte Marie. »Oder in beiden gleichzeitig.«

Irgendwas an dieser Bemerkung klang ein bißchen abfällig.

Na, am Morgen hatte ich den unvermeidlichen Brummschädel. Ich hörte sie in der Küche rumoren, aber ich ignorierte es, wie es jeder vernünftige Mensch getan hätte, und dann hörte ich, wie sie den Fernseher anstellte, die Morgennachrichten. Der Fernseher stand auf dem Tisch in der Frühstücksnische. Und ich hörte die Kaffeemaschine blubbern, es roch recht angenehm, aber dann roch es nach Schinken und Eiern und Bratkartoffeln, und das war mir gar nicht angenehm, und der Klang der Morgennachrichten auch nicht. Ich mußte dringend pinkeln, und ich hatte Durst, aber Marie sollte nicht merken, daß ich schon wach war, also wartete ich, leicht vergrätzt, aber ich wollte einfach allein sein, wollte die Bude für mich haben, und sie rumorte und rumorte da draußen herum. Schließlich hörte ich sie an meinem Bett vorbeirauschen...

»Muß los«, sagte sie. »Bin spät dran.«

»Bye, Marie«, sagte ich.

Als die Tür zuknallte, stand ich auf, ging ins Klo, setzte mich hin, pißte und schiß. Da saß ich nun in New Orleans, weit weg von zu Hause – wo immer das sein mochte –, und dann sah ich oben in der Ecke eine Spinne in ihrem Netz hocken. Sie starrte mich an. Diese Spinne war schon sehr lange da, das wußte ich. Viel länger als ich. Mein erster Gedanke war, sie zu killen. Aber sie war so fett und zufrieden und häßlich; sie hatte sich einen Besitzanspruch auf dieses Scheißhaus erworben. Ich würde auf den richtigen Zeitpunkt warten müssen. Ich wischte mir den Arsch, stand auf und zog die Spülung. Als ich das Scheißhaus verließ, zwinkerte mir die Spinne zu.

Ich wollte mich nicht gleich wieder über den Scotch hermachen, oder was davon noch übrig war, also saß ich nackt in der Küche herum und fragte mich, warum die Menschen bei mir so vertrauensselig waren. Wer war ich denn schon? Die Leute waren verrückt, sie waren einfältig.

Davon profitierte ich. Verdammt, ja, und wie. Ich lebte jetzt schon seit zehn Jahren ohne einen richtigen Beruf. Leute gaben mir Geld, Essen, Unterkunft. Es spielte keine Rolle, ob sie mich für einen Idioten hielten oder für ein Genie. Ich wußte, was ich war. Weder das eine noch das andere. Ich fragte nicht danach, warum sie mir das alles gaben. Ich nahm es, und ich nahm sie aus und fühlte mich dabei weder als Sieger noch als Erpresser. Mein einziger Grundsatz war: es kommt nicht in Frage, daß ich um etwas *bitte*. Außerdem lief in meinem Hirn ständig so was wie eine kleine Platte, und sie spielte immer die gleiche Melodie: einfach kommen lassen, einfach kommen lassen. Das schien ein ganz vernünftiger Gedanke zu sein.

Jedenfalls, als Marie weg war, saß ich in der Küche und trank drei Dosen Bier, die ich im Kühlschrank entdeckt hatte. Für Essen hatte ich nie viel übrig. Essen, so hatte ich gehört, war für manche Leute ein Genuß und eine Freude. Mich langweilte es nur. Flüssige Nahrung war O.K., aber feste war etwas Lästiges. Nichts gegen einen Schiß. Ich war bestimmt der letzte, der nicht gern einen Scheißhaufen in die Schüssel pflanzte. Aber es bedeutete einfach eine entsetzliche Anstrengung, bis man einen beisammen hatte.

Nach den drei Dosen Bier fiel mir auf, daß neben mir auf dem Stuhl ein Geldbeutel lag. Marie hatte natürlich noch einen zweiten, den sie ständig bei sich trug. Aber war sie wirklich so dumm oder so menschenfreundlich, daß sie hier Geld herumliegen ließ? Ich machte den Geldbeutel auf. Unten drin war eine 10-Dollar-Note.

Aha. Marie wollte mich also auf die Probe stellen. Ich beschloß, die Probe zu bestehen.

Ich nahm den Zehner, ging auf mein Zimmer und zog mich an. Ich fühlte mich gut. Schließlich, was brauchte ein Mann schon zum Überleben? Nichts. Hier hatte es sich mal wieder bewahrheitet. Und ich hatte sogar den Schlüssel zu der Wohnung.

Ich ging raus und schloß die Wohnungstür ab. Als Abschreckung für Diebe. Ha, ha. Und dann war ich auf der Straße. Was war das doch für eine stupide Gegend, dieses French Quarter. Aber ich mußte eben das Beste daraus machen. Ich ging also die Straße entlang ... ah ja: und das

Problem mit dem French Quarter war, daß es da einfach keine Spirituosenläden gab wie in anderen anständigen Gegenden der Welt. Vielleicht war das Absicht. Es diente wohl der Unterstützung dieser grauenhaften Stinklöcher an jeder Ecke, die sich Bars nannten. Jedesmal, wenn ich eine dieser ›pittoresken‹ Bars des French Quarter betrat, dachte ich als erstes an Kotzen. Und gewöhnlich tat ich es dann auch. Ich rannte nach hinten, in so einen uringeschwängerten Pißpott, und ließ meinem Mageninhalt freien Lauf – Tonnen und Tonnen von Spiegeleiern und halbrohen fettigen Bratkartoffeln. Und wenn ich mich ausgekotzt hatte und wieder reinkam und diese Gesichter sah... wenn es einen gab, der noch verlassener und öder dreinsah als die Gäste, dann war es der Mann hinter der Bar. Vor allem, wenn er zugleich auch der Besitzer war.

Na schön, ich lief also durch die Gegend und machte einen Bogen um diese verlogenen Bars, und wo kriegte ich schließlich meine 3 Sixpacks? In einem kleinen Lebensmittelgeschäft, wo einen das altbackene Brot und alles, einschließlich der schrundigen Wände, von denen der Anstrich abblätterte, mit diesem müden Anmacher-Lächeln anflehte: hilf mir, hilf mir, hilf mir... Tja, schauderhaft. Nicht einmal elektrisches Licht konnten sie sich leisten, denn Strom kostet Geld, und da kam nun ich: der erste in 17 Tagen, der ein Sixpack kaufte; und der erste in *18 Jahren*, der DREI Sixpacks kaufte. Mein Gott, und die Alte wäre mir beinahe um den Hals gefallen, über ihre Ladenkasse hinweg. Es war nicht zum Aushalten. Ich schnappte mir mein Wechselgeld und die achtzehn großen Dosen Bier und rannte hinaus in den stupiden Sonnenschein des French Quarter...

Wieder zu Hause, in der Frühstücksnische, tat ich den Rest des Geldes in den Geldbeutel zurück. Ich ließ ihn offen, damit es Marie gleich sehen konnte. Dann setzte ich mich hin und köpfte ein Bier.

Es tat gut, allein zu sein. Aber, ich war ja nicht allein. Bei jedem Gang aufs Klo sah ich diese Spinne. Naja, du Spinnenvieh, dachte ich. Bald bist du dran. Ich kann es einfach nicht leiden, wie du da oben in deiner dunklen Ecke hockst und Käfer und Fliegen fängst und ihnen das Blut aussaugst. Du bist schlecht, und ich bin gut. Jedenfalls, so sehe *ich* das. Du bist nichts als eine verstunkene schwarze hirnlose Warze des Todes. Nichts anderes. Friß Scheiße. Du bist fällig.

Nach hinten heraus gab es eine Veranda. Dort fand ich einen Besen, mit dem ich zurück kam und das Vieh aus seinem Netz drosch und totschlug. All right, das war erledigt. Hm. Jetzt war es irgendwo da draußen, mir voraus. Es ließ sich nicht ändern. Wie konnte Marie nur ihren breiten Arsch auf die Klobrille pflanzen und einen Schiß abziehen und dabei dieses Vieh ansehen? Sah sie es überhaupt? Wahrscheinlich nicht.

Ich ging wieder in die Küche und trank noch einiges Bier. Dann stellte ich den Fernseher an. Papierene Menschen. Gläserne Menschen. Ich hatte das Gefühl, als würde ich gleich wahnsinnig. Ich stellte das Ding ab. Trank weiter. Dann kochte ich mir zwei Eier und briet zwei Streifen Schinken. Es gelang mir, das Zeug zu essen. Es konnte vorkommen, daß man das Essen einfach vergaß. Die Sonne schien jetzt durch die Vorhänge herein. Ich trank den ganzen Tag und warf die leeren Dosen in den Mülleimer. Die Zeit verging. Dann ging die Tür auf. Sie *flog* auf. Es war Marie.

»Menschenskind!«, schrie sie, »weißt du, was passiert ist?«

»Nee, was denn?«

»Oh, gottverdammte Scheiße!«

»Was 'n los, Honey?«

»Ich hab' meine Erdbeermarmelade anbrennen lassen!«

»Ach ja?«

Sie rannte in kleinen Kreisen in der Küche herum. Ihr gewaltiger Hintern eierte. Sie war verrückt. Sie war außer sich. Die arme alte fette Möse.

»Ich hatte diesen Pott Erdbeeren auf dem Küchenherd, und eine von diesen Touristinnen kam rein, ne reiche Zicke, die erste Kundin heute, und sie mag diese kleinen Hüte, die ich mache, weißt du ... Naja, irgendwie ist sie ganz nett, und die Hüte stehen ihr alle gleich gut, und da kann sie sich nicht entscheiden, und dann kommen wir so ins Gespräch, über Detroit, sie kennt jemand in Detroit, den ich auch kenne, verstehst du, und wir reden so, und auf einmal RIECHE ich es!!! DIE ERDBEEREN BRENNEN AN! Ich renn' in die Küche, aber es ist schon zu spät ... Gott, was 'ne Sauerei! Die Erdbeeren sind übergekocht, und alles klebt und stinkt und ist angebrannt, es ist zum Heulen, und nichts ist mehr zu retten, nichts! Zum Deibel!«

»Das tut mir leid. Aber hast du ihr denn einen Hut verkauft?«

»Ich hab ihr zwei verkauft. Sie konnte sich nicht entscheiden.«

»Das mit den Erdbeeren tut mir leid. Ich hab' inzwischen diese Spinne gekillt.«

»Was für 'ne Spinne?«

»Mhm. Hab' mir schon gedacht, daß du davon nichts weißt.«

»Von was denn? Was soll das? Spinnen? Sind doch eh bloß Kriechtiere.«

»Soviel ich höre, soll eine Spinne kein Kriechtier sein. Hat was mit der Anzahl der Beine zu tun. Aber, was weiß ich. Ist mir auch egal.«

»Eine Spinne soll kein Kriechtier sein? Was 'n das wieder für 'n Scheiß?«

»Kein *Insekt*. Sagt man wenigstens. Jedenfalls, ich hab' das verdammte Vieh gekillt.«

»Du bist mir an den Geldbeutel gegangen.«

»Klar. Du hast ihn hier liegen lassen. Ich mußte Bier haben.«

»Mußt du dauernd Bier haben?«

»Ja.«

»Das wird noch ein Problem mit dir. Hast du was gegessen?«

»Zwei Eier, zwei Streifen Schinken.«

»Hast du Hunger?«

»Ja. Aber du bist müde. Ruh' dich aus. Trink' was.«

»Ich ruh' mich beim Kochen aus. Aber erst brauch' ich ein heißes Bad.«

»Nur zu.«

»Okay.« Sie langte rüber und stellte den Fernseher an. Dann ging sie ins Bad. Ich mußte mir den Fernseher anhören. Eine Nachrichtensendung. Vorgetragen von einem durch und durch widerwärtigen Bastard. Mit drei Nasenlöchern. Ein durch und durch abscheulicher Bastard, der ausstaffiert war wie eine öde Spielzeugpuppe und schwitzte und mich ansah und Worte von sich gab, die ich kaum verstand und die mich auch kaum interessierten. Ich wußte, daß Marie jetzt wieder stundenlang fernsehen würde. Ich mußte mich also daran gewöhnen. Als sie aus dem Bad kam, starrte ich eisern auf die Mattscheibe. Das verbesserte ihre Stimmung entscheidend. Ich wirkte so harmlos wie ein Mann mit einem Schachbrett und dem Sportteil der Zeitung.

Marie hatte sich in eine andere Kluft geworfen. Vielleicht hätte sie damit sogar ganz niedlich ausgesehen, aber sie war einfach so gottverdammt fett. Naja, wenn schon. Wenigstens mußte ich nicht auf einer Parkbank schlafen.

»Soll ich mich um das Essen kümmern, Marie?«

»Nee, schon gut. Ich bin nicht mehr müde.«

Sie begann das Essen zu machen. Als ich aufstand und mir das nächste Bier holte, küßte ich sie im Vorbeigehen hinters Ohr.

»Du bist ein guter Kumpel, Marie.«

»Hast du genug zu trinken für den Rest des Abends?«, fragte sie.

»Aber sicher, Kid. Außerdem haben wir ja noch den Scotch. Alles bestens. Wenn ich nur hier sitzen und fernsehen und dir zuhören kann. Okay?«

»Na klar, Charley.«

Ich setzte mich. Sie hatte inzwischen etwas auf dem Herd. Es roch gut. Offensichtlich hatte sie mit Kochen was los. Dieser warme Essensgeruch kroch die Wände rauf und runter. Kein Wunder, daß sie so fett war. Guter Koch, guter Esser. Marie machte einen Eintopf. Hin und wieder stand sie auf und warf etwas nach. Eine Zwiebel. Ein Stück Kohl. Ein paar Karotten. Sie verstand sich darauf. Und ich trank und sah mir das dicke schlampige alte Mädchen an, und sie saß da und bastelte ihre magischen Hüte. Sie nestelte über so einem Korb herum, griff nach dieser und jener Farbe, nach so einem Stückchen Band und dann nach so einem, und das wurde dann umgeschlagen und genäht und an den Hut gehalten und angenäht und dieses nichtssagende Strohding verwandelte sich in ein magisches Objekt. Marie machte Kunstwerke, die für immer unentdeckt bleiben würden – auf den Köpfen irgendwelcher Zicken, die durch die Straßen latschten.

Während sie arbeitete und zwischendurch nach dem Eintopf sah, erzählte sie einiges.

»Es ist nicht mehr so wie früher. Die Leute haben kein Geld mehr. Man sieht nur noch Reiseschecks und Scheckhefte und Kreditkarten. Die Leute haben einfach kein Bargeld. Haben nie was bei sich. Alles auf Kredit. Der Mann kriegt seine Lohntüte, und es ist schon alles ausgegeben. Sie kaufen sich ein Haus und sind für den Rest ihres Lebens verschuldet. Und dann müssen sie das Haus mit Krempel vollstopfen und müssen ein Auto haben. Sie wollen das Haus auf Biegen und Brechen behalten, und der Staat weiß das und deckt sie mit Steuern ein, bis sie schwarz werden. Niemand hat Geld. Als kleiner Unternehmer kann man sich da einfach nicht halten.«

Danach aßen wir unseren Eintopf. Schmeckte hervorragend. Nach dem Essen holten wir den Whisky heraus, und sie brachte mir zwei Zigarren. Wir sahen fern, und es wurde nicht viel geredet. Ich hatte das Gefühl, als würde ich schon seit Jahren da wohnen. Sie bastelte weiter an ihren Hüten, sagte ab und zu etwas, und ich sagte dann immer: »Yeh, stimmt«, oder »Tatsächlich?« Und die Hüte flogen ihr nur so aus den Fingern. Lauter Meisterwerke.

»Marie«, sagte ich schließlich, »ich bin müde. Muß ins Bett.«

Sie sagte, ich solle den Whisky mitnehmen. Das tat ich. Doch statt mich in mein Bett zu legen, schlug ich die Decke von Maries Bett zurück und kroch rein. Nachdem ich mich ausgezogen hatte, versteht sich. Eine feine Matratze. Überhaupt, ein feines Bett. Es war eins von diesen altmodischen mit hohen Pfosten, auf denen ein hölzerner Baldachin ruhte, oder wie man das Ding nennt. Ich nehme an, wenn man fickte, bis einem dieses Dach auf den Kopf fiel, dann hatte man's gebracht. Ich würde das Dach nie zum Einstürzen bringen. Es sei denn, die Götter griffen mir unter die Arme.

Marie sah fern und machte noch einige Hüte. Dann hörte ich, wie sie den Apparat abstellte und das Licht in der Küche ausknipste. Sie kam ins Schlafzimmer, sah mich aber nicht, und dann ging sie nach hinten aufs Klo. Sie blieb eine Weile da drin, und dann sah ich, wie sie aus ihren

Kleidern stieg und ein großes rosarotes Nachthemd anzog. Sie murkste ein bißchen an ihrem Gesicht herum, gab es auf, drehte sich einige Lockenwickler in die Haare, machte kehrt und kam aufs Bett zu, und jetzt sah sie mich.

»Mein Gott, Charley, du liegst im falschen Bett!«

»Nö.«

»Hör mal, Honey, ich bin nicht so 'ne Frau, wie du denkst.«

»Ach, laß doch diesen Quatsch und komm rein!«

Das tat sie. Gott, sie war nichts als Fleisch. Ehrlich gesagt, ich hatte ein bißchen Angst. Was sollte man mit all dieser Masse nur anfangen? Naja, ich saß in der Falle. Marie legte sich rein, und ihre Betthälfte sackte bis auf den Boden durch.

»Hör zu, Charley...«

Ich packte ihren Kopf, drehte ihn herum, sie schien zu weinen, und dann waren meine Lippen auf ihren. Wir küßten uns. Verdammt, mein Schwanz wurde hart. Großer Gott. Wie das?

»Charley«, sagte sie, »du mußt nicht, wenn du nicht willst.«

Ich nahm ihre Hand und legte sie um meinen Schwanz.

»Oh shit«, sagte sie, »oh shit!«

Dann küßte *sie* mich. Mit Zunge. Sie hatte eine kleine Zunge – wenigstens *die* war klein – und sie ließ sie rein- und rausschnalzen, voll Spucke und Leidenschaft. Ich stieß mich von ihr ab.

»Was is los?«

»Warte. Augenblick mal.«

Ich langte rüber, griff mir die Flasche und nahm einen tiefen Schluck, dann stellte ich sie wieder ab, fummelte unten herum und lüpfte dieses riesige rosarote Nachthemd. Ich tastete mich zwischen ihren Schenkeln durch. Ich wußte nicht, was ich da zu fassen bekam, aber es schien das Richtige zu sein, zwar sehr klein, aber an der richtigen Stelle. Ja. Es war ihre Möse. Ich drückte meinen Pecker dagegen. Sie langte runter und half mir rein. Noch ein Wunder: das Ding war eng. Es riß mir fast die Haut ab. Wir begannen zu ackern. Ich war auf einen langen Ritt eingestellt, vergaß es aber gleich wieder. Sie hatte *mich*. Es war einer der besten Ficks meines Lebens. Ich stöhnte und röhrte. Dann war es zu Ende, und ich rollte von ihr herunter. Unglaublich. Als sie aus dem Bad wieder rauskam, redeten wir noch ein bißchen, dann schliefen wir ein. Sie schnarchte allerdings so laut, daß ich mich in mein Bett verziehen mußte. Als ich am nächsten Morgen aufwachte, war sie schon halb aus der Tür.

»Muß mich beeilen, Charley«, sagte sie.

»Klar, Baby.«

Sobald sie draußen war, ging ich in die Küche und trank ein Glas Wasser. Sie hatte wieder einen Geldbeutel liegen lassen. Zehn Dollar drin. Ich nahm sie nicht. Ich ging ins Klo und setzte mich zu einem guten Schiß. Ohne die Spinne. Dann nahm ich ein Bad. Ich versuchte es mit Zähneputzen und erbrach ein bißchen was. Ich zog mich an und ging zurück in die Küche. Ich griff mir ein Blatt Papier und was zum Schreiben.

Marie:
Ich liebe Dich. Du bist sehr gut zu mir. Aber ich muß fort. Und ich weiß gar nicht so recht, warum. Wahrscheinlich bin ich verrückt. Goodbye.

Charley

Ich stellte den Zettel an den Fernseher. Ich fühlte mich gar nicht gut. Mir war zum Heulen. Es war still da drin. Still. So wie ich es gerne mochte. Sogar der Herd und der Kühlschrank wirkten menschlich, ich meine angenehm menschlich – es war, als hätten sie Arme und Stimmen und als sagten sie: bleib da, Kid, es ist gut hier, du kannst es hier sehr guthaben. Ich fand die Flasche im Schlafzimmer und trank den Rest Whisky aus. Im Kühlschrank entdeckte ich noch eine Dose Bier. Die trank ich auch. Dann stand ich auf und machte mich auf den langen Weg durch diesen Schlauch von Wohnung, es kam mir vor wie 90 Meter. An der Tür fiel mir ein, daß ich ja noch den Schlüssel einstekken hatte. Ich ging zurück und legte den Schlüssel neben den Zettel. Dann sah ich mir nochmal den Zehner im Geldbeutel an. Ich ließ ihn drin. Machte erneut den Gang durch die Wohnung. Ich erreichte die Tür, und mir war klar: wenn ich die hinter mir zumachte, gab es kein Zurück mehr. Ich machte sie hinter mir zu. Es war endgültig. Die Stufen runter. Ich war wieder allein, und keiner gab einen Scheißdreck darum.

Ich ging nach Süden, dann bog ich rechts ab. Ich ging und ging und brachte das French Quarter hinter mich. Ich überquerte die Canal Street, ging einige Blocks, bog dann in die Richtung ab, überquerte eine weitere Straße und ging in die andere Richtung. Ich wußte nicht, wohin ich ging. Ich kam linker Hand an einem Laden vorbei, und ein Mann stand in der Tür und sagte:

»Hey, Mann, willst du'n Job?«

Und ich sah an ihm vorbei, und da gab es lange Reihen von Holztischen, an denen Männer mit Hämmern standen, sie schlugen auf solche Schalen ein, sah aus wie Muschelschalen, und sie schlugen die Schalen entzwei und machten irgendwas mit dem Fleisch. Es war dunkel da drin, und man hatte den Eindruck, als würden die Männer mit den Hämmern auf sich selber einschlagen und anschließend wegschmeißen, was von ihnen noch übrig war, und ich sagte zu dem Mann:

»Nee, ich will keinen Job.«

Ich ging weiter. Die Sonne schien mir ins Gesicht.

Ich hatte noch 74 Cents.

Die Sonne tat gut.

Vier Wochen
im Dichter-Bungalow

Falls ihr euch für Wahnsinn interessiert, euren oder meinen, dann kann ich euch ein bißchen was von meinem erzählen. Ich logierte im Dichter-Bungalow der Universität von Arizona, nicht weil ich einen Namen habe, sondern weil während der Sommermonate nie jemand nach Tucson kommt und sich dort aufhält, es sei denn, er ist ein verdammter Narr oder kann sich nichts anderes leisten. Während der ganzen Zeit, die ich dort war, betrug die durchschnittliche Tagestemperatur 41°, und für mich gab es außer Biertrinken nichts zu tun. Ich bin Dichter, aber ich habe schon immer klargestellt, daß ich keine Lesungen mache. Außerdem bin ich ein Mensch, der sich ziemlich dämlich aufführt, wenn er besoffen ist. Und wenn ich nüchtern bin, weiß ich nichts zu sagen. Es klopfte also nicht gerade oft an die Tür des Dichter-Bungalows, und das war mir auch ganz recht so. Bis auf die Tatsache, daß es dem Vernehmen nach ein junges schwarzes Dienstmädchen gab, das da ab und zu mal vorbeischaute und sehr sehr gut gebaut sein sollte, so daß ich insgeheim den Plan faßte, mich an ihr zu vergreifen, aber auch sie hatte offensichtlich schon von mir gehört und ließ sich nie blicken. Also machte ich die Arbeit selber, schrubbte die Badewanne, kippte meine leeren Bierflaschen in eine große Mülltonne, auf deren Deckel in schwarzer Farbe zu lesen stand: UNIV. OF ARIZ. Wenn ich morgens gegen 11 meine Flaschen reingeworfen hatte, reiherte ich gewöhnlich gleich hinterher. Dann, nach meinem Morgenbier, hieß es in der Regel zurück ins Bett und versuchen, den Kater zu überstehen und wieder zu Kräften zu kommen. Gast-Dichter. Tja. Gast-Säufer wäre der Sache näher gekommen. Ich trank pro Tag so an die 4 oder 5 Sixpacks.
Naja, die Klima-Anlage war recht angenehm. Und wenn meine Eier gerade anfingen, sich ein wenig zu entkrampfen, und mein Magen sich beruhigte und mein Schwanz immer

noch an dieses schwarze Dienstmädchen dachte und meiner Seele noch speiübel war von den Gedichten der Herren Creeley usw., die hier auf dem gleichen Klo geschissen hatten und im gleichen Bett wie ich geschlafen hatten – also, so um die Zeit klingelte dann immer das Telefon und mein großer Verleger war dran:

»Bukowski?«

»Yeh. Yeh. Glaub's jedenfalls.«

»Hast du Lust auf ein Frühstück?«

»Auf *was*?«

»Frühstück.«

»Yeh. Dachte mir doch, daß du das gesagt hast.«

»Meine Frau und ich sind ganz in der Nähe. Wie wär's, wenn wir uns in der Campus Cafeteria treffen?«

»In der *Campus* Cafeteria?«

»Ja. Dort werden wir sein. Du brauchst nur vom Speedway in die andere Richtung zu gehen, und unterwegs fragst du einfach jeden, den du triffst: WO IST DIE CAMPUS CAFETERIA? Fragst dich einfach durch, bei jedem, den du triffst – WO IST DIE CAMPUS CAFETERIA...«

»Aaaach, Menschenskind...«

»Was hast du denn? Du brauchst weiter nichts zu tun, als jeden, der dir über den Weg läuft, zu fragen: WO IST DIE CAMPUS CAFETERIA? Und dann frühstücken wir zusammen.«

»Hör mal, laß uns das verschieben. Nicht heute morgen.«

»Naja, okay, Buk. Ich dachte ja nur, wo wir gerade in der Nähe sind...«

»Ja. Danke.«

Nach einem Bad und 3 oder 4 Flaschen Bier lag ich dann immer herum und versuchte einige der Gedichtbände zu lesen, die da auf dem Regal standen, und unweigerlich fand ich die Sachen so mies, daß ich davon einschlief. Pound, Olson, Creeley, Shapiro. Es gab hunderte von Büchern. Alte Nummern von Zeitschriften. Von meinen Büchern stand keines da, nicht in diesem Bungalow, der infolgedessen eine ausgesprochen tote Bude war. Wenn ich dann wieder wach wurde, folgte ein weiteres Bier und dann ein Gang durch diese Hitze von 40 oder mehr Grad, 8 oder 10 Blocks weit, zur Wohnung des großen Verlegers. Gewöhnlich besorgte ich mir unterwegs irgendwo ein paar Six-packs. Er und seine Frau tranken nichts. Sie kamen allmäh-lich in die Jahre und hatten alle Arten von Beschwerden. Es war traurig. Für sie und für mich. Sein 81jähriger Schwie-gervater dagegen hielt bei mir mit, beinahe Bier für Bier. Er und ich mochten einander.

Ich war da raus gekommen, weil sie mit mir eine Platte aufnehmen wollten, aber der Professor der Univ. of Ariz., der für solche Sachen zuständig war, mußte wohl krank geworden sein, als er von meiner Ankunft erfuhr, jedenfalls lag er mit einem Magengeschwür im St. Mary's Hospital. An dem Tag, als er entlassen werden sollte, rief ich ihn in halbtrunkenem Zustand persönlich an, und danach behiel-ten sie ihn noch zwei Tage länger drin. Also blieb mir nichts weiter übrig, als mit einem 81jährigen Greis um die Wette zu trinken und darauf zu warten, daß sich was tat: Dienstmädchen, ein Brand, oder das Ende der Welt. Ich hatte eine Auseinandersetzung mit dem großen Verleger und ging nach hinten ins Schlafzimmer und setzte mich zu dem Alten vor den Fernseher und sah mir eine Sendung an, in der die Frauen alle tanzten und Miniröcke anhatten. Ich saß da und hatte einen Gewaltigen stehen. Naja, ich hatte einen stehen. Was der Opa hatte, weiß ich nicht.

Doch dann kam eine Nacht, in der ich in einer Wohnung am anderen Ende der Stadt landete, bei einem großen kräftigen Kerl mit nichts als Haar im Gesicht. Archer hieß er, oder Archnip oder so ähnlich. Wir tranken und tranken und tranken und rauchten Chesterfields dazu. Wir redeten, und wir redeten auch noch, als uns der Schädel nur noch knapp aus der Unterhose lugte. Und dann kippte der große Kerl mit dem haarigen Gesicht vornüber auf den Tisch und ich ging dazu über, seiner Frau an den Beinen zu fummeln. Sie ließ mich. Sie hatte flaumige weiße Härchen an ihren Beinen – Augenblick! Sie war erst 25! – ich meine, im künstlichen Licht sahen die Härchen an diesen gottver-dammt langen Beinen so aus, als seien sie weiß. Und sie sagte immer wieder: »Eigentlich will ich dich überhaupt nicht, aber wenn du einen hochkriegst, kannst du mich haben.«

Naja, das war mehr, als man von den meisten zu hören bekommt. Ich fummelte ihr also weiter an den Beinen herum und versuchte einen hochzukriegen, aber die Chesterfields und das Bier hatten mich bereits so auf Null gebracht, daß ich sie nur noch bitten konnte, mit mir wegzulaufen. Nach Los Angeles. Und sie solle sich einen Job als Kellnerin besorgen und mich aushalten. Doch dafür konnte sie sich aus irgendeinem Grund nicht erwärmen. Und das, nachdem ich diese lange Unterhaltung mit ihrem Mann absolviert hatte. Über Justiz, Geschichte, Sex, Lyrik, den Roman, Medizin... Ich hatte ihren Mann sogar extra auf den Schleudersitz gelotst, indem ich mit ihm in eine Bar ging und ihn drei Gläser Scotch mit Soda hintereinander trinken ließ. Und von ihr kam jetzt nicht mehr, als daß sie Los Angeles durchaus gerne mal kennenlernen würde. »Geh pissen und vergiß es«, sagte ich zu ihr. Wär' ich doch bloß in dieser Bar geblieben, dachte ich. Dort war ein Girl aus der Wand gekommen und hatte auf der Bar getanzt und mir ihren Hintern in einem rotseidenen Slip ins Gesicht geschlenkert. Aber wahrscheinlich steckte auch da nur eine kommunistische Verschwörung dahinter. Also zum Teufel damit.

Am nächsten Abend fuhr mich einer nach Hause, der etwas kleiner war und einen kürzeren Bart hatte. Er bot mir eine Chesterfield an. »Was treibst du denn so, Sportsfreund?«, fragte ich ihn. »Mit all dem Haar im Gesicht. Was machst du?«

»Ich male«, sagte er.

Als wir in meinem Bungalow waren, stellte ich also die Bierflaschen auf den Tisch und hielt ihm gleich mal einen Vortrag über Malerei. Ich male nämlich auch. Ich verriet ihm meine Geheimformel, mit der man bei einem Bild sofort feststellen kann, ob es was taugt oder nicht. Außerdem erklärte ich ihm den Unterschied zwischen Malen und Schreiben, und welche Vorzüge das Malen gegenüber dem Schreiben bietet. Er sagte nicht viel. Nach einigen Bieren beschloß er zu gehen.

»Danke fürs Mitnehmen«, sagte ich.

»Gern geschehen.«

Als am nächsten Morgen der große Verleger anrief und wieder mal ein gemeinsames Frühstück vorschlug, mußte ich ihm erneut einen Korb geben, erzählte ihm dafür aber von dem Typ, der mich nach Hause gefahren hatte.

»Ein netter Mensch«, sagte ich. »Netter Junge.«
»Hast du seinen Namen behalten?«
Ich sagte ihm den Namen.
»Oh«, sagte er, »der ist Kunstprofessor, hier an der Uni.«
»Oh«, sagte ich.
Ich hatte ein kleines UKW-Radio dastehen, aber es gab keine Station, die klassische Musik spielte, also kippte ich mir das Bier rein und hörte mir diese andere Musik an, und die war durchweg crazy: *If you come to San Francisco, wear a flower in your hair* ... *Hey hey, live for today*, usw. usw.
Eine Station hatte so eine Art musikalisches Quiz laufen. Sie wollten wissen, in welchem Monat man geboren war. Ich rief an und sagte: »August«. Aus dem Lautsprecher war eine Lady zu hören, die sang: *Were you born in November?* »Tut mir leid, Sir«, eröffnete mir der Moderator, »da haben Sie knapp vorbeigetippt.« »Ach wirklich?«, sagte ich. »Ja«, sagte er und drehte mir den Ton ab. Der Monat, in dem man geboren war, mußte übereinstimmen mit dem Song, den sie gerade spielten. Wenn man das richtig hatte, mußte man auch noch mit seinem Geburtstag den richtigen Tag erwischen – den 7., oder den 19., oder so was. Und wenn beides zusammenpaßte, hatte man gewonnen: EINEN TRIP NACH LOS ANGELES, MIT AUFENTHALT IN EINEM MOTEL. Diese verlogenen Arschlöcher, dachte ich. Das ganze Ding ist gezinkt, von vorne bis hinten. Ich ging an den Kühlschrank. »Das Thermometer zeigt jetzt 43 Grad«, verkündete der Ansager.
Dann kam mein letzter Tag in der Stadt, und das schwarze Dienstmädchen hatte sich immer noch nicht blicken lassen, also begann ich zu packen. Der große Verleger erklärte mir, mit welchem Bus ich fahren mußte. Drei Blocks nach Norden gehen und dort auf den Bus warten, der auf der Park Avenue in östlicher Richtung zur Elm Street fuhr.
»Wenn du zu früh an der Bushaltestelle bist, dann steh dort nicht einfach rum. Geh in den Drugstore und warte da drin. Bestell dir ein Coke oder so was.«
Naja, ich klappte den Koffer zu und ging zu Fuß in der Bullenhitze zur Bushaltestelle. Von dem Bus war nirgends was zu sehen. »Shit«, sagte ich und begann zügig in

Richtung Osten zu gehen. Die vielen Biere quollen mir aus den Poren wie Niagarafälle. Ich transferierte den Koffer von der einen Hand in die andere. Ich hätte mit einem Taxi direkt von meiner Bude zum Bahnhof fahren können, aber der große Verleger wollte, daß ich zuerst bei ihm vorbeischaute, damit er mir einen Packen Bücher mitgeben konnte. Etwas, das sich CRUCIFIX IN A DEATHHAND nannte. Das mußte noch in den Koffer rein. Niemand hatte ein Auto. Ich war gerade bei ihm eingetroffen und hatte mir ein Bier geben lassen, als der Professor anrückte, frisch aus dem Hospital. Er kam in seinem Auto an und wollte sich offenbar vergewissern, daß ich auch wirklich die Stadt verließ. Er kam zur Tür herein.

»Ich war gerade drüben im Bungalow«, sagte er.

»Da haben Sie Bukowski gerade knapp verfehlt«, sagte der Verleger. »Buk baut sich immer seinen eigenen Käfig. Er will zum Beispiel in der Campus Cafeteria nicht frühstükken. Und heute habe ich ihm gesagt, er soll IM DRUGSTORE auf den BUS warten. Wissen Sie, was er getan hat? Er ist mit seinem Koffer die ganze Strecke bis hierher zu Fuß gelaufen, in dieser Hitze!«

»Verdammt nochmal«, sagte ich zum Verleger, »begreifst du denn nicht? Ich kann Drugstores nicht leiden! Ich kann es nicht ertragen, in Drugstores warten zu müssen. In jedem steht so ein Fruchtsaftbehälter auf 'nem Marmorsokkel. Du hockst da und starrst auf diesen Marmorblock mit diesem Limonadenbehälter, in dem der Rührlöffel kreist. Eine Ameise stolpert an dir vorbei, oder irgendein Nachtfalter legt sich vor dir zum Sterben hin, der eine Flügel surrt noch, der andere ist schon steif. Du bist ein Fremder, und 2 oder 3 dumpfe Leute sitzen da und starren dich abweisend an. Dann kommt schließlich die Bedienung. Sie würde dich nicht mal am Dreckrand ihres verstunkenen Schlüpfers riechen lassen, dabei ist sie häßlich wie der Teufel und merkt es überhaupt nicht. Es kostet sie eine enorme innere Überwindung, deine Bestellung entgegen zu nehmen. Ein Coke. Du kriegst es warm serviert, in einem zerknautschten Pappbecher. Du willst es nicht haben. Du trinkst es. Der Nachtfalter ist immer noch nicht tot. Der Bus ist immer noch nicht da. Der Marmor von dem Fruchtsaftbehälter ist mit fettigem Staub verkleistert. Das ganze ist eine Farce,

begreifst du das nicht? Wenn du an den Tresen gehst und dir
'ne Packung Zigaretten kaufen willst, dauert es fünf Minuten bis jemand kommt. Du kommst dir neunmal gelackmei-
ert vor, bis du aus dem Laden wieder draußen bist.«
»Drugstores sind gar nicht so schlimm, Buk«, sagte der
Verleger.
»Und ich kenne einen, der sagt: ›Krieg ist gar nicht so
schlimm.‹ Aber, Menschenskind, ich kann mich bloß an
meine Neurosen und Vorurteile halten. Was anderes hab'
ich nicht, an dem ich mich orientieren kann. Ich mag keine
Drugstores, ich mag keine Campus Cafeterias, ich mag
keine Shetland Ponies und kein Disneyland und keine
Verkehrspolizisten auf Motorrädern und kein Joghurt und
keine Beatles und keinen Charley Chaplin und keine Rollos
an den Fenstern, und diese gewaltige manisch-depressive
Haartolle, die dem Bobby Kennedy in die Stirn fällt, mag
ich auch nicht... herrgottnochmal!« (ich wandte mich jetzt
an den Professor)... »dieser Mensch hier druckt jetzt
schon seit zehn Jahren meine Sachen, hunderte von Gedichten, UND ER WEISS NICHT MAL, WER ICH BIN!«
Der Professor lachte. Na, wenigstens was.
Der Zug hatte 2 Stunden Verspätung, also fuhr der Professor mit uns rauf in die Berge, zu seinem Haus. Es begann zu
regnen. Aus einem breiten Fenster hatte man einen Blick
auf die verschissene Stadt. Es war wie im Kino. Dann ergab
sich die Gelegenheit, dem großen Verleger einen reinzu-
würgen: die Frau des Professors setzte sich ans Piano und
jaulte eine Nummer von Verdi. Jetzt mußte endlich mal der
Verleger leiden. Ich hatte ihn in *meinem* Drugstore. Ich
applaudierte und ermunterte die Dame zu einem weiteren
Song. Sie sang eigentlich gar nicht schlecht. Eine Menge
Kraft in der Stimme, aber sie röhrte einfach drauflos. Ein
einziger Strahl von Power, ohne jede Färbung oder Ab-
wechslung. Ich versuchte ihr ein weiteres Lied zu entlok-
ken, aber da ich der einzige war, der darauf bestand, ließ sie
es als echte Lady sein.
Sie fuhren mich im Regen zur Bahnstation. Ich hatte mich
mit kleinen Flaschen eingedeckt, sämtliche Taschen voll –
Pfirsich-Brandy, lauter so Kram. Ich gab meinen Koffer auf
und ließ die drei da im Regen stehen und auf den Zug
warten. Ich ging ans andere Ende des Gepäckschalters und

setzte mich im Regen auf eine Karre und machte mich über den Pfirsich-Brandy her. Es war ein warmer Regen, er trocknete, sobald er einen traf, fast wie Schweiß. Ich saß da und wartete auf meinen Zug nach Los Angeles, die einzige Stadt auf der Welt. Ich meine, sie beherbergte mehr Arschkrücken als jede andere Stadt, und das machte sie unterhaltsam. Es war meine Stadt, meine Sorte Pfirsich-Brandy. Ich liebte sie beinahe. Da kam er nun endlich, der Zug. Ich trank die Flasche aus, ging am Zug entlang, suchte nach dem Wagen mit der Nummer 110. Aber es gab keine 110. Es stellte sich heraus, daß der Wagen inzwischen die Nummer 42 hatte. Ich stieg ein, mit den Indianern und Mexikanern, den Irren und Schnorrern. Ein Girl in einem blauen Kleid saß im Abteil. Sie hatte einen himmlischen Arsch. Und eine Macke. Sie redete mit einer kleinen Puppe, als sei das ihr Baby. Sie saß mir gegenüber und redete mit dieser kleinen Puppe. Du könntest sie haben, Alter, wenn du dich anstrengst, sagte ich mir. Aber du würdest sie nur unglücklich machen. Schmink dir's ab und bleib ein verklemmter Voyeur. Ich legte mich flach und sah an diesen köstlichen Beinen hoch, auf die der Mond durchs Abteilfenster hereinschien. Los Angeles kam mir entgegen. Die Mexikaner und Indianer schnarchten. Ich starrte auf diese Beine im Mondschein und hörte zu, wie sie mit ihrer Puppe redete. Was würde der große Verleger jetzt von mir erwarten? Was hätte Hemingway in dieser Situation getan? Dos Passos? Tom Wolfe? Creeley? Ezra?
Die Beine im Mondschein wurden uninteressant. Ich drehte mich auf den Rücken und sah auf die purpurnen Berge hinaus. Dort oben trieb sich vielleicht auch eine Möse herum. Und Los Angeles rückte näher, randvoll von Mösen. Und in diesem Dichter-Bungalow, jetzt wo Bukowski weg war ... ich konnte es richtig vor mir sehen, das schwarze Dienstmädchen, wie es sich bückte und wieder aufrichtete und bückte und schwitzte, Radio hörte – *If you go to San Francisco, be sure to wear a flower in your hair* – das schwarze Dienstmädchen, das vor Liebe fast aus den Nähten platzte, und ringsum nichts als leere Wände. Ich griff in die Tasche, holte mir noch so eine kleine Flasche heraus, machte sie auf, nuckelte und nuckelte daran, und da kam Los Angeles auf mich zu, und zum Teufel damit.

Ein Wiedersehen

Ich stieg an der Rampart aus dem Bus, und dann ging ich einen Block zurück zur Coronado, den kurzen Berg hoch, die Stufen hinauf zum Weg, durch die Einfahrt und den Hof zu meinem Hinterhaus. Ich blieb eine ganze Weile vor der Tür stehen und ließ mir die Sonne auf die Arme scheinen. Dann fand ich den Hausschlüssel, machte die Tür auf und begann die Treppe hochzusteigen.

»Hallo?«, hörte ich Madge rufen.

Ich gab keine Antwort. Ich stieg langsam nach oben. Ich war sehr blaß und irgendwie geschwächt.

»Hallo? Wer ist da?«

»Werd nicht fickrig, Madge. Ich bin's bloß.«

Ich stand jetzt auf dem obersten Treppenabsatz. Sie saß auf der Couch, in einem alten grünen Seidenkleid. Sie hatte ein Glas Portwein in der Hand, Port mit Eiswürfeln, ihre Spezialität.

»Baby!« Sie sprang auf und gab mir einen Kuß. Sie schien sich zu freuen.

»Oh Harry, bist du wirklich zurück?«

»Vielleicht. Wenn ich durchhalte. Hast du jemand im Schlafzimmer?«

»Sei doch nicht blöd! Willst du was trinken?«

»Die sagen, ich darf nicht. Muß Suppenhuhn und weich gekochte Eier essen. Sie haben mir eine Liste mitgegeben.«

»Ah, diese Dreckskerle. Komm, setz dich her. Willst du ein Bad? Was zu essen?«

»Nee, will mich nur ausruhen.«

Ich ging hinüber zum Schaukelstuhl und setzte mich rein.

»Wieviel Geld ist noch da?«, fragte ich sie.

»Fünfzehn Dollar.«

»Hast du ja schnell ausgegeben.«

»Naja...«

»Wann ist unsere Miete fällig?«

»In zwei Wochen. Ich hab' keinen Job kriegen können.«

»Ich weiß. Sag' mal, wo ist eigentlich das Auto? Ich hab' es unten nirgends gesehen.«

»Ach Gott, da sieht es finster aus. Ich hab' es jemand geliehen, und jetzt ist es vorne ganz verbeult. Ich hab' gehofft, ich könnte es repariert kriegen, bis du wieder-kommst. Es ist in der Werkstatt unten an der Ecke.«

»Läuft es noch?«

»Ja, aber ich wollte es dir halt reparieren lassen.«

»So ein Auto fährt man auch, wenn es vorne ramponiert ist. Das macht doch nichts. Wenn nur der Kühler noch ganz ist, und die Scheinwerfer.«

»Na, Menschenskind, ich wollte es dir doch bloß recht machen!«

»Bin gleich wieder da«, sagte ich zu ihr.

»Harry, wo gehst du hin?«

»Nach dem Auto sehen.«

»Warum wartest du nicht lieber bis morgen, Harry? Du siehst nicht gut aus. Bleib doch bei mir. Laß uns reden.«

»Ich komm schon wieder. Du kennst mich doch. Ich mag keine unerledigten Sachen.«

»Oh shit, Harry!«

Ich ging ein Stück die Treppe hinunter. Dann ging ich wieder nach oben.

»Gib mir die fünfzehn Dollar.«

»Oh shit, Harry!«

»Schau her, einer muß schließlich dafür sorgen, daß das Boot nicht sinkt. Du wirst es bestimmt nicht tun, das wissen wir ja.«

»Ich schwör' dir's, Harry, ich hab' mich gekümmert. Ich hab' jeden Morgen den Arsch aus dem Bett gehoben, während du fort warst. Aber ich hab' einfach nichts kriegen können.«

»Gib mir die fünfzehn Dollar.«

Madge nahm ihre Handtasche und sah rein.

»Paß auf, Harry. Laß mir genug Geld, daß ich mir für heute abend noch 'ne Flasche Wein kaufen kann. Die hier ist fast alle. Ich will feiern, daß du wieder da bist.«

»Das glaub' ich dir, Madge.«

Sie griff in ihre Handtasche und gab mir einen Zehner und

vier einzelne. Ich nahm ihr die Handtasche weg und stülpte den Inhalt auf die Couch. Ihr ganzer Scheißkram kam heraus. Plus Kleingeld, eine kleine Flasche Port und zwei Scheine – 1 Dollar und 5 Dollar. Sie langte nach dem Fünfer, aber ich war schneller. Ich richtete mich auf und schlug ihr eine ins Gesicht.

»Du Mistkerl! Bist immer noch so 'n fieser Hund, was?«

»Yeah. Drum bin ich auch noch nicht tot.«

»Wenn du mich noch einmal schlägst, zieh ich aus!«

»Du weißt, daß ich dich nur ungern schlage, Baby.«

»Jaja. Mich schlägst du, aber bei einem Mann würdest du dich nicht trauen, stimmt's?«

»Was hat denn das damit zu tun, verdammt nochmal.«

Ich steckte die 5 Dollar ein und ging wieder die Treppe runter.

Die Werkstatt war um die Ecke. Als ich hinkam, war dieser Japaner gerade dabei, einen frisch installierten Kühlergrill mit Silberbronze zu streichen. Ich stellte mich daneben.

»Mein Gott, Sie machen ja einen Rembrandt daraus«, sagte ich.

»Ist das Ihr Wagen, Mister?«

»Yeah. Was schulde ich Ihnen?«

»75 Dollar.«

»Was?«

»75 Dollar. Eine Lady hat ihn hergebracht.«

»Eine Nutte hat ihn gebracht. Und jetzt hören Sie mal zu. Das ganze Auto war keine 75 Dollar wert. Ist es auch jetzt nicht. Den Kühlergrill habt ihr euch für fünf Dollar auf einem Schrottplatz besorgt.«

»Hören Sie, Mister, die Lady hat gesagt –«

»Wer??«

»Naja, diese Frau da . . .«

»Für die bin ich nicht verantwortlich, Mann. Ich komme frisch aus dem Krankenhaus. Ich werde euch bezahlen, was ich kann und wann ich es kann. Aber ich habe keinen Job, und um einen zu kriegen, brauch' ich das Auto. Das heißt, ich brauch' es sofort. Wenn ich einen Job kriege, kann ich euch was zahlen. Wenn ich keinen kriege, dann nicht. Also. Wenn Sie mir nicht trauen, dann müssen Sie den Wagen eben behalten. Ich gebe Ihnen den Kfz-Brief. Meine Adresse haben Sie ja. Ich kann hingehen und ihn holen, wenn Sie wollen.«

»Wieviel könnten Sie denn anzahlen?«

»Fünf Dollar.«

»Das ist nicht viel.«

»Ich sag' doch, ich komme frisch aus dem Krankenhaus. Sobald ich einen Job habe, kann ich den Rest bezahlen. Entweder das, oder ihr behaltet den Wagen.«

»All right«, sagte er, »ich verlasse mich auf Sie. Geben Sie mir die fünf.«

»Sie haben keine Ahnung, wie schwer ich für diesen Fünfer arbeiten mußte.«

»Wie meinen Sie das?«

»Vergessen Sie's.«

Er nahm den Fünfer und ich nahm das Auto. Es sprang an. Der Tank war sogar noch halb voll. Wie es um Öl und Wasser stand, war mir egal. Ich fuhr ein paarmal um den Block, um zu sehen, was für ein Gefühl es war, endlich wieder Auto zu fahren. Es war ein gutes Gefühl. Dann parkte ich vor dem Spirituosenladen.

»Harry!«, sagte der alte Knabe mit der verdreckten weißen Schürze.

»Oh, Harry!«, sagte seine Frau.

»Wo warst du so lange?«, fragte der alte Knabe mit der verdreckten weißen Schürze.

»Arizona. Stück Land an den Mann gebracht.«

»Siehst du, Sol«, sagte das alte Mädchen, »ich hab' dir ja immer gesagt, er ist smart. Man sieht ihm an, daß er Köpfchen hat.«

»All right« sagte ich, »ich will zwei Sixpacks Miller's, in Flaschen, mit Anschreiben.«

»Naja, Augenblick mal«, sagte der alte Knabe.

»Was hast du denn? Hab' ich meine Schulden nicht immer bezahlt? Was soll der Scheiß?«

»Oh, du schon, Harry. Es ist wegen ihr. Sie hat jetzt schon eine Rechnung stehen von ... laß mich mal nachsehen ... 13 Dollar 75.«

»13 Dollar 75, das ist doch gar nichts. Ich war hier schon auf 28 und hab' alles wieder klargemacht, oder nicht?«

»Sicher, Harry, aber –«

»Aber was? Soll ich vielleicht woanders hingehn? Und die

Rechnung hier stehnlassen? Willst du mir nach all den Jahren nicht mal zwei verschissene Sixpacks anschreiben?«

»Is ja schon gut, Harry«, sagte der alte Knabe.

»Na also. Tu mir's in 'ne Tüte. Und 'ne Packung Pall Malls und zwei Dutch Masters obendrauf.«

»Okay, Harry, okay...«

Dann stieg ich wieder die Treppe hoch. Kam oben an.

»Oh Harry, du hast ja Bier! Trink das nicht, Harry! Ich will nicht, daß du stirbst, Baby!«

»Das weiß ich, Madge. Aber die Mediziner haben von so was keinen blassen Schimmer. Und jetzt mach mir ein Bier auf. Ich bin geschafft. Zuviel Anstrengung. Ich bin aus diesem Krankenhaus erst seit zwei Stunden raus.«

Madge kam mit dem Bier an, und für sich hatte sie ein Glas Wein. Sie hatte ihre Stöckelschuhe angezogen. Sie schlug die Beine betont aufreizend übereinander. Sie hatte es immer noch. Was das Äußere anging.

»Hast du das Auto geholt?«

»Yeah.«

»Dieser kleine Japs ist ein netter Kerl, nicht?«

»Er hatte keine andere Wahl.«

»Was meinst du damit? Hat er das Auto nicht repariert?«

»Doch. Er ist ein netter Kerl. Hast du ihn hier oben gehabt?«

»Harry, fang jetzt keinen Stunk an! Ich fick keine Japse!«

Sie stand auf. Ihr Bauch war immer noch flach. Ihre Hüften, Schenkel, Arsch, gerade richtig. Was für eine Nutte. Ich leerte eine halbe Flasche Bier und ging zu ihr hin.

»Madge, Baby, du weißt, ich bin verrückt nach dir. Für dich könnte ich sogar einen killen. Das weißt du doch, nicht?«

Ich stand jetzt dicht vor ihr. Sie schenkte mir ein kleines Lächeln. Ich goß mir die Flasche Bier vollends rein, dann nahm ich ihr das Weinglas aus der Hand und trank es aus. Ich fühlte mich zum erstenmal seit Wochen wieder als vollwertiger Mensch. Wir gingen auf Tuchfühlung. Sie schürzte ihre wilden roten Lippen. Dann stieß ich sie mit beiden Händen von mir weg. Sie fiel rückwärts auf die Couch.

»Du Nutte! Du hast bei Goldbarth 13 Dollar 75 Schulden gemacht, stimmts?!«

»Ich weiß nich...«

Ihr Kleid war ihr bis über die Schenkel hochgerutscht.

»Du Nutte!«

»Sag nicht Nutte zu mir!«

»Dreizehn-fünfundsiebzig!«

»Ich hab' keine Ahnung, von was du redest!«

Ich stieg auf sie drauf, drückte ihr den Kopf nach hinten und begann sie zu küssen, ihr den Busen abzufummeln, die Beine, die Hüften. Sie flennte.

»Sag... nicht... Nutte... zu... mir... Sag.. das... nicht... Du weißt doch, daß ich dich liebe, Harry!«

Ich war mit einem Satz von ihr herunter und stand jetzt mitten auf dem Teppich.

»Ich mach' dich zur Schnecke, Baby!«

Madge lachte nur.

Ich ging hin, hob sie hoch, trug sie ins Schlafzimmer und warf sie aufs Bett.

»Harry, du kommst doch grad aus dem Krankenhaus!«

»Und das heißt, daß du dich auf ein paar Wochen aufgestautes Sperma gefaßt machen kannst!«

»Red nicht so schweinische Sachen!«

»Fuck you!«

Ich hechtete ins Bett. Die Klamotten hatte ich mir bereits runter gerissen.

Ich werkelte ihr das Kleid hoch, küßte sie, fummelte an ihr. Es war eine Menge an ihr dran.

Ich kriegte ihren Schlüpfer herunter. Dann war ich drin. Wie in alten Zeiten.

Ich schob ihn acht- oder zehnmal rein und raus, langsam und sachte. Dann sagte sie:

»Du denkst doch nicht im Ernst, daß ich einen dreckigen Japs ficke, oder?«

»Ich denk' mir, du fickst alles, egal wie dreckig.«

Sie zog ihren Muff zurück und ließ mich rausrutschen.

»Was ist denn?«, schrie ich. »Scheiße!«

»Ich liebe dich, Harry. Du weißt, daß ich dich liebe. Es tut mir weh, wenn du so was sagst!«

»Okay, Baby, einen dreckigen Japs würdest du niemals ficken, das weiß ich. Ich hab' ja nur Spaß gemacht.«
Madge machte die Beine breit und ich war wieder drin.
»Oh Daddy, darauf hab' ich so lang gewartet!«
»So? Wirklich?«
»Was soll das heißen? Fängst du schon wieder mit diesem Scheiß an?«
»Ach was. Nein, Baby. Ich liebe dich, Baby!«
Ich brachte meinen Kopf nach oben und küßte sie, ohne den Ritt zu unterbrechen.
»Harry«, sagte sie.
»Madge«, sagte ich.
Sie hatte recht.
Es war lange her, seit dem letzten Mal.
Ich schuldete dem Spirituosenladen 13 Dollar 75 plus zwei Sixpacks plus Zigarren und Zigaretten, und ich schuldete dem L. A. County General Hospital $ 225, und ich schuldete dem dreckigen Japs $ 70, und außerdem lagen noch einige Rechnungen für Strom und Gas da, und wir klammerten uns aneinander, und unsere vier Wände klemmten uns ein.
Wir brachten es.

Der blaue Jesus

Drei Mann mußten den Klumpen Gummi hochheben und in die Maschine wuchten, und die Maschine zerhackte ihn und machte diverse Sachen daraus; erhitzte das Material und zerhackte es und schiß es wieder aus: als Fahrradpedale, Badekappen, Wärmflaschen. Wenn man sich beim Reinwuchten nicht vorsah, kriegte man den Arm abgehackt; und wenn man verkatert war, machte man sich immer besonders große Sorgen um seinen Arm. Zwei Männern war es in den letzten drei Jahren passiert: Durbin und Peterson. Durbin hatten sie daraufhin ins Lohnbüro abgestellt, und man sah ihn da drin sitzen mit seinem leeren Ärmel, der ihm an der Seite herunterhing. Peterson gaben sie einen Schrubber und einen Putzlumpen, und er machte damit die Scheißhäuser sauber; er leerte die Abfallbehälter, hängte frisches Klopapier an die Wand, usw. Alle fanden es erstaunlich, wie gut Peterson seine Arbeit machte, mit einem Arm.

Die Acht-Stunden-Schicht näherte sich dem Ende. Dan Skorski half den letzten Klumpen Gummi reinwuchten. Acht Stunden hatte er durchgehalten, und das mit einem der schlimmsten Kater seines Lebens. Bei der Arbeit waren die Minuten zu Stunden geworden, die Sekunden zu Minuten. Und so oft man von der Arbeit hochschaute, sah man diese fünf Typen hinter der Glasscheibe ihres Büros sitzen. So oft man hochschaute, wurde man von diesen zehn AUGEN angestarrt.

Dan hatte sich gerade umgedreht und wollte zur Stechuhr gehen, als ein spindeldürrer Mensch hereinkam, der aussah wie eine Zigarre. Wenn man ihn so gehen sah, hatte man den Eindruck, als berührten seine Füße nie den Boden. Die Zigarre nannte sich Mr. Blackstone.

»Wo zum Teufel wollen Sie denn hin?«, fragte er Dan.

»Na raus hier, was denn sonst.«

»ÜBERSTUNDEN«, sagte Mr. Blackstone.

»Was?«

»Ich sagte: ÜBERSTUNDEN. Sehn Sie sich um. Wir müssen dieses Zeug hier rauskriegen.«

Dan sah sich um. So weit das Auge reichte, stapelte sich der Gummi für die Maschinen. Und das schlimmste an Überstunden war, daß man nie wußte, wie lange sie dauern würden. Es konnte zwei Stunden bedeuten, oder 5 Stunden. Man wußte es nie. Es blieb nur noch Zeit, um nach Hause zu kommen, sich ins Bett zu legen, wieder aufzustehen und die Maschinen wieder mit Gummi zu füttern. Und es wurde nie weniger. Es gab immer noch mehr Gummi, mehr unerledigte Bestellungen, mehr Maschinen. Das ganze Gebäude platzte aus den Nähten, ejakulierte, kotzte Gummi, Berge von Gummi Gummi Gummi, und die fünf Typen hinter der Glasscheibe wurden reicher und reicher und reicher.

»Geh zurück an deine ARBEIT!«, sagte die Zigarre.

»Nee«, sagte Dan. »Ich kann nicht mehr. Ich kriege kein Stück Gummi mehr hoch.«

»Wie sollen wir denn das ganze Zeug hier loswerden?«, fragte die Zigarre. »Wir brauchen den Platz hier. Morgen kommt eine neue Lieferung.«

»Mieten Sie noch ne Halle dazu und stellen Sie mehr Leute ein. Sie schinden die Leute hier zu Tode, Sie schlagen ihnen das Hirn zu Brei. Die wissen überhaupt nicht mehr, wo sie sind. Sehn Sie sich die armen Wichser doch mal an!«

Und es stimmte. Die Arbeiter sahen kaum noch wie Menschen aus. Sie hatten glasige Augen, sie wirkten wie gelähmt, sie waren kirre. Sie lachten über jeden Scheißdreck und pflaumten einander ständig an. Aber innen drin waren sie ausgebrannt. Man hatte sie gekillt.

»Das hier sind gute Männer«, sagte die Zigarre.

»Klar sind sie das. Die Hälfte von ihrem Lohn geben sie dem Finanzamt, und die andere Hälfte geht für neue Autos drauf, für Farbfernseher, stupide Eheweiber und 4 oder 5 verschiedene Sorten von Versicherungen.«

»Entweder Sie machen Überstunden wie alle anderen hier, oder Sie sind Ihren Job los, Skorski.«

»Dann bin ich meinen Job los, Blackstone.«

»Am liebsten würde ich Ihnen keinen Pfennig auszahlen.«

»Arbeitsgericht.«

»Sie kriegen Ihren Scheck mit der Post.«

»Schön. Und beeilen Sie sich damit.«

Als er das Gebäude verließ, hatte er wieder dasselbe herrliche Gefühl von Freiheit wie jedesmal, wenn er gekündigt hatte oder gefeuert worden war. Raus aus dem Laden, und denen da drin den Rücken gekehrt. »Du hast hier ein Zuhause, Skorski. So gut ist es dir noch nie gegangen!«, hatten die Arbeitskollegen überall zu ihm gesagt, egal wie beschissen der Job war.

Unterwegs hielt Skorski vor dem Getränkeladen und besorgte sich eine Flasche Grandad. Dann fuhr er nach Hause. Es wurde ein gemütlicher Abend, er trank den halben Liter, ging zu Bett und schlief ein mit einem angenehmen Gefühl der Zufriedenheit, wie er es seit Jahren nicht mehr gespürt hatte. Kein Wecker mehr, der ihn um 6.30 Uhr herausklingelte und in eine verlogene und hundsgemeine Welt hinaustrieb.

Er schlief bis Mittag, stand auf, kippte zwei Alka-Seltzer und ging hinaus an den Briefkasten. Ein einziger Brief lag darin.

Sehr geehrter Mr. Skorski,

Wir bewundern schon seit langem Ihre Short Stories und Gedichte und haben auch mit Interesse Ihre kürzliche Ausstellung von Zeichnungen an der Universität von N. gesehen. Hier bei WorldWay Books, Inc. ist nun gerade eine Stelle im Lektorat freigeworden. Ich bin sicher, daß Sie schon von uns gehört haben. Unsere Publikationen werden in Europa, Afrika, Australien und sogar im Orient vertrieben. Wir verfolgen Ihre Arbeit seit mehreren Jahren, und wir erinnern uns noch gut an Ihre Zeitschrift LAMEBIRD (1962–63), bei der uns Ihre Auswahl von Lyrik und Prosa sehr gefallen hat. Wir glauben, daß Sie für unser Lektorat hier der richtige Mann wären. Ich habe das Gefühl, daß wir zu einer guten Vereinbarung kommen könnten. Die Stelle wird mit einem Anfangsgehalt von $ 200 die Woche honoriert, und es wäre für uns eine große Ehre, Sie bei uns zu haben. Sollte dies auch Ihrem Wunsch entsprechen, so rufen Sie uns bitte mit R-Gespräch unter der Nummer

– – – – an. *Wir werden Ihnen dann die Flugkosten telegraphisch anweisen und zusätzlich einen wie wir glauben großzügigen Betrag zu Deckung Ihrer sonstigen Ausgaben.*

Ihr sehr ergebener D. R. Signo
Verlagsleiter
WorldWay Books, Inc.

Dan trank ein Bier, setzte einige Eier auf und rief Signo an. Signo hörte sich an, als habe er einen Ballen Stahlwolle im Hals. Doch Signo hatte schon einige der größten Schriftsteller der Welt gedruckt, und hier am Telefon schien er sich recht leger zu geben, ganz anders als in seinem Brief.
»Wollen Sie mich da drüben wirklich haben?«, fragte ihn Dan.
»Selbstverständlich«, sagte Signo. »Genau wie wir Ihnen geschrieben haben.«
»All right, lassen Sie mir das Geld telegraphisch anweisen und ich mache mich auf die Socken.«
»Das Geld ist bereits unterwegs«, sagte Signo. »Wir freuen uns auf Sie.«
Er legte auf. D. h. Signo legte auf. Dan stellte die Eier ab, legte sich wieder ins Bett und schlief noch mal zwei Stunden ...
Der Flug nach New York ließ einiges zu wünschen übrig. Dan konnte sich nicht recht erklären, woran es lag. Vielleicht, weil es sein erster Flug war; oder weil Signos Stimme nach Stahlwolle klang. Erst Gummi, jetzt Stahl. Naja, vielleicht war Signo ein vielbeschäftigter Mann. Das konnte es sein. Manche Leute hatten immer sehr viel zu tun. Jedenfalls, als Skorski ins Flugzeug stieg, hatte er schon ziemlich einen in der Krone und einen Grandad in der Tasche. Der ging ihm allerdings auf halber Strecke aus, so daß er nun die Dienste der Stewardess in Anspruch nehmen mußte. Er hatte keine Ahnung, was sie ihm da servierte – es war violett, schmeckte süß und schien sich mit dem Grandad nicht besonders gut zu vertragen. Bald war er soweit, daß er auf die Passagiere einredete und ihnen erzählte, er sei Rocky Graciano, der ehemalige Boxer. Zuerst lachten sie noch, aber als er immer wieder damit ankam, wurden sie stumm und abweisend.

»Rocky. Jawoll, das bin ich. The Rock! Wie hab' ich diese Kerle vermöbelt! Nix als Mumm! Pulver in den Fäusten! Und die Meute hat mir *zugejubelt*!«

Dann wurde ihm schlecht, und er schaffte es nur mit knapper Not bis auf die Toilette. Während er sich übergab, geriet einiges davon auf seine Schuhe und Socken. Er zog sich Schuhe und Socken aus, wusch die Socken und kam barfuß wieder heraus. Er legte die Socken irgendwo zum Trocknen hin, die Schuhe stellte er woanders ab, und dann vergaß er, wo er die Sachen gelassen hatte.

Er ging im Mittelgang auf und ab. Barfuß.

»Mr. Skorski«, sagte die Stewardess zu ihm, »bitte bleiben Sie auf Ihrem Platz.«

»Graciano heiß ich. The Rock. Und wer zum Teufel hat meine Schuhe und Socken geklaut?! Dem brech' ich sämtliche Knochen!«

Er kotzte in den Mittelgang, und eine alte Frau zischte ihn tatsächlich an, wie eine Schlange.

»Mr. Skorski!, sagte die Stewardess, »ich muß darauf bestehen, daß Sie sich auf Ihren Platz setzen!«

Dan packte sie am Handgelenk.

»Du gefällst mir. Ich glaub', ich fick dich gleich hier im Gang. Stell dir mal vor! Vergewaltigung am Himmel! Du wirst BEGEISTERT sein! Ex-Boxer Rocky Graciano vergewaltigt Stewardess beim Flug über Illinois! Komm her!«

Dan packte sie um die Hüfte. Ihr Gesicht war grauenhaft leer und verblödet; jung, überheblich und häßlich. Sie hatte das Hirn einer Zwergmaus und keine Titten. Aber kräftig war sie. Sie riß sich los und rannte nach vorn in die Pilotenkanzel. Dan erbrach noch ein bißchen was, ging an seinen Platz und setzte sich.

Der Co-Pilot kam heraus, ein Mann mit gewaltigen Arschbacken und großen Kinnladen und einem dreistöckigen Haus mit vier Kindern und einem wahnwitzigen Weib drin.

»Hey, Freundchen«, sagte der Co-Pilot.

»Yeah, Wichser?«

»Benimm dich. Ich höre, du machst hier Stunk.«

»Stunk? Was ist denn das? Bist du vielleicht schwul, Flyboy?«

»Ich sag dir, reiß dich bloß am Riemen!«

»Schieb ab, Wichser! Ich hab 'n bar bezahltes Ticket in der Tasche!«

Der Fettarsch griff sich den Sicherheitsgurt und schnallte ihn an. Er tat es mit einer lässig angedeuteten Drohgebärde und einer herablassenden Demonstration von Stärke. Wie ein Elefant, der mit dem Rüssel einen Mangobaum entwurzelt.

»Und bleib da SITZEN!«

»Ich bin Rocky Graciano«, eröffnete Dan dem Co-Piloten. Aber der war inzwischen schon wieder vorne in seiner Kanzel. Als die Stewardess vorbeikam und Skorski angeschnallt dasitzen sah, kicherte sie.

»Dir ramm ich SECHSUNDDREISSIG ZENTIMETER rein!«, schrie er ihr ins Gesicht.

Die alte Frau zischte ihn ein weiteres Mal wie eine Schlange an.

Am Flughafen nahm er sich, barfuß wie er war, ein Taxi zum East Village. Er fand ohne Schwierigkeiten ein Zimmer, und gleich um die Ecke eine Bar. In der Bar trank er bis zum frühen Morgen, und niemand machte eine Bemerkung über seine nackten Füße. Niemand nahm überhaupt Notiz von ihm oder sprach ihn an. Tja, das war eben New York.

Es sagte auch niemand was, als er am nächsten Morgen barfuß in einem Geschäft erschien und Schuhe und Socken erstand. Die Stadt hatte Jahrhunderte überdauert und war so blasiert, daß sie sich Gefühle gar nicht mehr leistete.

Ein paar Tage später rief er Signo an.

»Hatten Sie einen angenehmen Flug, Mr. Skorski?«

»Oh ja.«

»Tja, ich esse gerade zu Mittag, bei Griffo's. Das ist gleich um die Ecke von WorldWay. Wie wärs, wenn wir uns hier in einer halben Stunde treffen?«

»Wo ist Griffo's. Ich meine, wie ist die Adresse?«

»Sagen Sie dem Taxifahrer einfach: zu Griffo's.«

Signo legte auf.

Dan setzte sich in ein Taxi und sagte: »Griffo's.«

Und dann war er da. Ging hinein. Blieb an der Tür stehen.

Es waren 45 Leute im Lokal. Wer von denen war Signo?

»Skorski«, hörte er rufen, »hier drüben!«

Ein Tisch. Signo und noch einer saßen daran. Sie hatten

Cocktails vor sich stehen. Als er sich zu ihnen setzte, kam der Kellner an und stellte ihm einen Cocktail hin. Donnerwetter, das ließ sich ja ganz gut an.

»Wie haben Sie mich erkannt?«, fragte er Signo.

»Oh, einfach so«, sagte der.

Signo sah einem Menschen nie ins Gesicht, er sah ihm immer über den Kopf weg, als erwartete er von da oben eine Nachricht. Eine Brieftaube. Oder einen Giftpfeil von einem Ubangi.

»Das ist Seltsam«, sagte Signo jetzt.

»Ja, weiß Gott«, sagte Dan.

»Ich meinte, das hier ist Mr. Seltsam, einer von unseren Abteilungsleitern.«

»Hallo«, sagte Seltsam. »Ich habe Ihre Arbeit schon immer bewundert.«

Bei Seltsam war es genau umgekehrt: er sah immer zu Boden, als warte er darauf, daß etwas zwischen den Dielen herausgekrochen kam – eine Ölquelle, ein eingesperrter Luchs, eine Invasion von Kakerlaken, die im Bierrausch Amok liefen.

Es kam keine Unterhaltung auf. Dan trank seinen Cocktail aus und wartete auf die beiden anderen. Sie tranken sehr langsam, gleichgültig, als sei es Spülwasser. Eine weitere Runde wurde bestellt. Danach ging man in den Verlag.

Sie zeigten ihm seinen Arbeitsplatz. Jeder Schreibtisch war vom nächsten durch hohe Milchglasscheiben abgetrennt, hinter sich hatte man eine Tür aus Milchglas, und wenn man auf einen Knopf drückte, ging auch vorne eine Scheibe zu, und man war ganz für sich. Man konnte da drin eine Sekretärin flachlegen, und kein Mensch würde etwas davon merken. Eine der Sekretärinnen hatte ihn angelächelt. Gott, was für ein Körper! All dieses pralle, eingezwängte Fleisch, das nach einem Fick nur so lechzte. Und dazu dieses Lächeln... es war wie eine mittelalterliche Folter.

Auf seinem Schreibtisch lag eine Art Rechenschieber. Er diente zum Abmessen von *picas*, oder *micas* oder so was. Dan wußte nichts damit anzufangen. Er saß einfach da und spielte damit herum. So vergingen 45 Minuten. Dann bekam er allmählich Durst. Er machte die Tür hinter sich auf und ging zwischen all diesen Reihen von Schreibtischen mit ihren Trennwänden aus Milchglas durch. In jedem Glaskasten saß ein Mann. Manche telefonierten, andere hantierten mit Papier. Jeder schien genau zu wissen, was er tat.

Er fand den Weg zurück zu Griffo's, setzte sich an die Bar und genehmigte sich zwei Drinks. Zurück ins Büro. Er saß eine halbe Stunde da und spielte wieder mit dem Rechenschieber herum. Dann stand er auf und ging zurück zu Griffo's. Drei Drinks. Zurück zum Rechenschieber. Wieder zu Griffo's und zurück. Er zählte schon gar nicht mehr mit. Aber später am Tag, als er wieder einmal an den Schreibtischen vorbeikam, drückte da jeder auf den Knopf und das Schiebefenster flippte zu. Flip-flip-flip ging es, die ganze Reihe entlang, bis er an seinem Schreibtisch war.

Nur einer machte sein Schiebefenster nicht zu. Dan blieb stehen und sah ihn an. Es war ein massiger Mensch, der kurz vor seinem Tod stand. Er hatte einen Hals, der irgendwie feist und gleichzeitig welk aussah, das Gewebe schrumpfte zusehends, und das Gesicht war aufgedunsen, verquollen, rund wie ein Wasserball, auf den in verblichener Farbe die Gesichtszüge aufgemalt waren. Der Mann sah ihn nicht an. Er sah nach oben, an die Decke über Dans Kopf, und er kochte vor Wut; er wurde abwechselnd knallrot und blaß und starb mit jedem Mal ein bißchen mehr. Dan ging zu seinem Schreibtisch, hieb auf den Knopf und machte das Schiebefenster dicht. Es klopfte an seine Tür. Er öffnete. Es war Signo. Signo sah über seinen Kopf hinweg.

»Wir haben entschieden, daß wir Sie nicht gebrauchen können.«

»Kriege ich wenigstens meine Auslagen zurück?«

»Wieviel brauchen Sie denn?«

»175. Das müßte hinkommen.«

Signo stellte einen Scheck über $ 175 aus, warf ihn auf den Schreibtisch und ging hinaus.

Statt sich in ein Flugzeug nach Los Angeles zu setzen, beschloß Skorski, einen Abstecher nach San Diego zu machen. Es war lange her, seit er das letzte Mal auf der Pferderennbahn von Caliente gewesen war. Er hatte sich ein System für Einlaufwetten zurechtgelegt, und er dachte sich, daß er damit 5 von 6 Richtigen erwischen konnte, ohne allzu viele Combos mit reinnehmen zu müssen. Er würde nach einem Schema wetten, das sich allein an dem Verhältnis von Gewicht, Schnelligkeit und Distanz orientierte und einigermaßen sicher aussah.

Er brachte den Flug einigermaßen nüchtern hinter sich, blieb eine Nacht in San Diego und nahm sich ein Taxi nach Tijuana. An der Grenze stieg er in ein mexikanisches Taxi um, und der Fahrer fand für ihn ein gutes Hotel im Stadtzentrum. In seinem Zimmer stellte er die Reisetasche mit seinen paar Habseligkeiten in den Wandschrank, dann ging er raus und sah sich in der Stadt um. Es war so gegen 6 Uhr abends. Die tiefstehende Sonne schien den Zorn und das Elend der Stadt unter einem rosigen Schimmer zu kaschieren. Die armen Scheißer. Nahe genug an Amerika, um dessen Korruption zu kennen und die Sprache zu sprechen, aber nur in der Lage, ein bißchen von dem Reichtum für sich abzuzweigen; wie Saugwürmer am Bauch eines Haifischs.

Dan fand eine Bar und bestellte sich einen Tequila. Aus der Jukebox kam mexikanische Musik. Vier oder fünf Männer saßen herum und nippten sparsam an ihren Drinks, damit sie ihnen jeweils eine Stunde hielten. Frauen waren nicht im Lokal. Naja, in Tijuana waren Frauen kein Problem. Und das letzte, was er im Augenblick gebrauchen konnte, war eine Pussy, die ihn mit pulsierenden Schamlippen ablenkte. Frauen kamen einem immer dazwischen. Sie konnten einen Mann auf 9000 verschiedene Arten killen. Wenn er mit seinen Einlaufwetten durchgekommen war und seine 50 oder 60 Riesen abkassiert hatte, würde er sich ein kleines Haus an der Küste kaufen, auf halbem Weg zwischen L.A. und Dago, und dann würde er sich eine elektrische Schreibmaschine kaufen oder den Malpinsel aus dem Futteral holen, französischen Wein trinken und abends lange Spaziergänge am Strand machen. Ob man gut oder schlecht lebte, war nur eine Frage von ein bißchen Glück, und Dan war der Ansicht, daß er langsam ein bißchen Glück verdient hatte. So wie die Aktien standen, war ihm das Leben ein bißchen was schuldig.

Er fragte den Barkeeper, was für ein Tag sei, und der Barkeeper sagte »Donnerstag«. Da hatte er also noch zwei

Tage Zeit. Die Pferde liefen erst am Samstag. Die von Aleseo mußten auf die amerikanischen Massen warten, die nach fünf Tagen Hölle über die Grenze strömten, um sich ihre zwei Tage Irrsinn zu genehmigen. Tijuana kümmerte sich um sie. Tijuana kümmerte sich um ihr Geld. Aber den Amerikanern ging nie auf, wie sehr die Mexikaner sie haßten. Der Dollar hatte den Amerikanern das Hirn vernebelt, und sie rannten durch Tijuana, als gehöre ihnen die ganze Stadt, als sei jede Frau eine billige Nutte und jeder Polizist bloß so was wie eine Figur aus dem Comic-Strip. Die Amerikaner hatten schon wieder vergessen, daß sie ein paar Kriege gegen Mexiko gewonnen hatten – als Amerikaner oder Texaner oder sonstwas. Für die Amerikaner war es nur noch ein Kapitel im Geschichtsbuch. Für die Mexikaner dagegen war es sehr real. Dan hatte kein gutes Gefühl, als Amerikaner an einem Donnerstagabend in einer Bar in Mexiko zu sitzen. Die Amerikaner ruinierten sogar die Stierkämpfe. Die Amerikaner ruinierten alles.

Dan bestellte sich noch einen Tequila.

»Lust auf ein nettes Girl, Señor?«, fragte der Barkeeper.

»Danke, Freund«, sagte er. »Ich bin Schriftsteller. Ich interessiere mich mehr für die Menschen im allgemeinen als für Pussy im besonderen.«

Die Bemerkung war ihm peinlich. Es gab ihm ein beschissenes Gefühl, daß er so etwas gesagt hatte. Der Barkeeper zog sich zurück.

Aber es war friedlich da drin. Er trank und hörte sich die mexikanische Musik an. Es tat gut, für eine Weile aus Amerika weg zu sein, dazusitzen und einen Eindruck zu bekommen von den Kehrseiten einer anderen Kultur. Kultur? Was war das wieder für ein Wort. Na jedenfalls, es war ein gutes Gefühl.

Er trank vier oder fünf Stunden lang, und keiner wollte etwas von ihm, und er wollte auch von keinem was. Er war einigermaßen voll, als er das Lokal verließ und auf sein Zimmer ging. Er zog den Rollo hoch und starrte hinaus auf den mexikanischen Mond, streckte sich, fühlte sich alles in allem recht zufrieden und legte sich schlafen.

Am nächsten Morgen entdeckte er ein Café, in dem er Schinken und Eier und gebackene Bohnen bekommen konnte. Der Schinken war zäh, die Spiegeleier waren an den Ränden verkohlt, und der Kaffee war schlecht. Es schmeckte ihm trotzdem. Das Café war leer. Und die Bedienung war fett und dumpf und hirnlos wie eine Kakerlake. Sie hatte nie Zahnschmerzen gehabt, nicht einmal Verstopfung, sie dachte nie ans Sterben und nur ganz wenig ans Leben. Er trank noch einen Kaffee und rauchte eine süßliche mexikanische Zigarette. Mexikanische Zigaretten brannten anders – sie brannten *heiß*, als seien sie lebendig.

Es war jetzt erst so gegen Mittag und eigentlich noch viel zu früh für die Bar, aber die Pferde liefen erst am Samstag. Und er hatte keine Schreibmaschine dabei. Ohne Schreibmaschine konnte er nicht schreiben. Mit Bleistift und Füllfeder ging es nicht. Der MG-Sound der Schreibmaschine hatte es ihm angetan. Das half beim Schreiben.

Skorski ging wieder in die gleiche Bar. Es spielte wieder die mexikanische Musik und die gleichen vier oder fünf Männer schienen dazusitzen. Der Barkeeper stellte einen Tequila vor ihn hin. Er wirkte freundlicher als am Tag zuvor. Diese vier oder fünf Typen waren vielleicht gut für eine Story. Dan erinnerte sich, wie er in schwarzen Bars an der Central Avenue herumgehangen hatte, als einziger Weißer, lange bevor das Interesse für Schwarze zu einem Sport und Schwindel von Intellektuellen verkam. Wie er sich mit ihnen unterhalten hatte, und was für eine Enttäuschung er erlebt hatte: sie redeten und dachten genau wie Weiße – durch und durch materialistisch. Und er war stockbesoffen vornüber auf ihre Tische gekippt, und sie hatten ihn nicht einmal umgebracht, und dabei hatte er es sich gewünscht, weil er außer dem Tod keinen Ausweg mehr sah.

Und jetzt das hier. Mexiko.

Er bekam rasch Schlagseite und begann die Jukebox mit Kleingeld zu füttern. Mit den meisten dieser mexikanischen Platten konnte er nichts anfangen. Es schien immer der gleiche verlogen romantische und einschläfernde Singsang zu sein.

Als es ihm zu langweilig wurde, ließ er sich eine Frau kommen. Sie kam und setzte sich neben ihn. Ein bißchen älter, als er erwartet hatte. Sie hatte einen Goldzahn vorne im Mund, und er hatte nicht die geringste Lust, sie zu ficken. Er gab ihr 5 Dollar und sagte ihr, sie solle gehen. Er sagte es ihr auf eine sehr nette Art, wie er glaubte. Sie ging.

Weitere Tequilas. Die fünf Typen und der Barkeeper saßen da und sahen ihn an. Er mußte an ihre *Seelen* rankommen. Die *mußten* doch Seelen haben. Wie konnten sie so dumpf da herumhängen? Als seien sie in Kokons eingesponnen? Oder wie Fliegen, die in der Nachmittagshitze träge auf einem sonnigen Fensterbrett im Kreis krochen?

Skorski stand auf und steckte eine weitere Handvoll Münzen in die Jukebox.

Nach einer Weile erhob er sich von seinem Platz und fing an zu tanzen. Sie lachten und feuerten ihn an. Es war ermutigend. Endlich kam ein bißchen Leben in die Bude!

Dan fütterte die Jukebox und tanzte. Bald verebbten die Anfeuerungsrufe und das Lachen, und sie sahen ihm nur noch stumm zu. Er bestellte einen Tequila nach dem anderen, hielt die fünf Schweiger frei, hielt den Barkeeper frei, die Sonne ging unter, und die Nacht kroch wie eine nasse verdreckte Katze über die Seele von Tijuana herein. Dan tanzte und tanzte. Völlig hinüber, natürlich. Aber es war perfekt. Der Durchbruch. Endlich. Es war wieder genauso wie 1955 in der Central Avenue. Er lag mal wieder genau richtig. Er war immer der erste. Ehe die Massen und die Opportunisten ankamen und alles verhunzten.

Mit dem Scheuerlappen des Barkeepers kämpfte er dann sogar noch gegen einen Stier, der aus einem umgedrehten Stuhl bestand . . .

Dan Skorski erwachte auf einer Bank. Auf der Plaza. Als erstes spürte er die Sonne. Das war gut. Dann fiel ihm auf, daß ihm seine Brille über das eine Ohr herunterhing. Ein Brillenglas hing lose aus der Fassung. Als er es anfaßte, fiel es vollends heraus. Nachdem es die ganze Nacht drangeblieben war, fiel es jetzt herunter auf den Zement und zersprang.

Er nahm den Rest der Brille ab und steckte sie vorne in die Hemdtasche. Dann kam die nächste Bewegung – er *wußte*, daß sie sinnlos war, sinnlos, sinnlos . . . aber er mußte sie machen, mußte sich irgendwann Klarheit verschaffen.

Er griff nach seiner Brieftasche.

Sie war nicht mehr da. Sein ganzes Geld war weg.

Eine Taube tappte lässig an seinen Füßen vorüber. Er haßte es immer, wie diese Mistviecher ihren Hals bewegten.

Stupid, wie stupide Eheweiber und stupide Bosse und stupide Präsidenten und stupide Christusfiguren.

Und das war eine stupide Story, die er ihnen nun nie mehr erzählen konnte. Die Nacht, als er besoffen war und Tür an Tür mit diesen Leuten wohnte, die DAS VIOLETTE LICHT hatten. Sie hatten einen Garten voll Blumen, und mittendrin stand dieser lebensgroße Jesus in einem Kasten aus Plexiglas, er sah ein bißchen traurig und schäbig aus, und er sah nach unten, auf seine Zehen... UND WURDE MIT VIOLETTEN SCHEINWERFERN ANGE-STRAHLT.

Das störte Dan. Und eines Abends, als er ziemlich einen sitzen hatte und die alten Ladies in ihrem Garten hockten und ihren violetten Jesus ansahen, war Dan in seinem Suff zu ihnen rein gegangen und hatte sich an die Arbeit gemacht. Er wollte diesen Jesus aus seinem Plexiglaskäfig befreien. Doch das erwies sich als schwierig. Dann kam ein Mann herausgerannt.

»Sir! Was wollen Sie denn da machen?!«

»...versuch bloß, diesen Motherfucker hier aus seinem Käfig zu befreien! Was dagegen?«

»Tut mir leid, Sir, aber wir haben die Polizei alar-miert...«

»Die Polizei?«

Skorski ließ den Jesus, wo er war, und rannte weg.

Die ganze Strecke bis ins Niemandsland dieser mexika-nischen Plaza.

Ein kleiner Junge zupfte ihn am Knie. Der kleine Junge war ganz in weiß gekleidet. Wunderschöne Augen. Er hatte noch nie so schöne Augen gesehen.

»Meine Schwester ficken?«, fragte der Junge. »12 Jahre alt.«

»Nein, nein. Wirklich nicht. Nicht heute.«

Der kleine Junge ging todtraurig weg und ließ den Kopf hängen. Er hatte versagt. Dan fühlte mit ihm.

Dann stand er auf und verließ die Plaza. Aber er ging nicht nach Norden, ins Land der Freiheit, sondern nach Süden. Weiter nach Mexiko hinein.

Als er irgendwo durch eine schlammige Gasse kam, wurde er von kleinen Jungen mit Steinen beworfen. Aber das machte nichts. Wenigstens hatte er diesmal Schuhe an den

Füßen. Und er war zufrieden mit allem, was sie ihm gaben. Und sie gaben ihm, was er wollte. Die Idioten hatten es jetzt alles in der Hand.

Er kam durch einen kleinen Ort, zu Fuß, auf halbem Weg nach Mexico City, und sie sagen, er habe ausgesehen wie ein blauer Jesus. Naja, er hatte den blauen Blues, und das kam der Sache nahe genug.

Und dann sahen sie ihn nie wieder.

Was bedeutet, daß er diese Cocktails in New York City vielleicht nicht so hastig hätte kippen sollen.

Oder vielleicht gerade doch.

Ein toter Hund
in einem langen Mantel

Jack Hendley nahm den Fahrstuhl nach oben, ins Klubhaus. Er nahm ihn natürlich nicht mit ins Klubhaus rein – er fuhr nur rauf in dem verdammten Ding.

Rennprogramm, 53. Ausgabe. Eine Abendveranstaltung. Für 40 Cents ließ er sich von dem alten Grauen ein Exemplar geben und schlug die erste Seite auf. Trabrennen über eine Meile und ⅛. Für Pferde bis $ 2500. Man konnte ein Pferd billiger kriegen als ein neues Auto.

Jack kam aus dem Fahrstuhl und würgte in die nächste Mülltonne. Diese verfluchten Whisky-Nächte brachten ihn allmählich um. Hätte er Eddie doch lieber die roten Pillen abgenommen, ehe der aus der Stadt verschwand. Na immerhin, es war eine gute Woche gewesen. Er hatte $ 600 gewonnen. Das war doch schon was anderes als die 17 Dollar pro Woche für die er 1940 in New Orleans gearbeitet hatte.

Aber heute war ihm der ganze Nachmittag versaut worden von einem ungebetenen Besucher. Jack war aus dem Bett geklettert und hatte den Kerl reingelassen. Der Kerl war eine Nervensäge. Zwei Stunden saß er da auf der Couch und redete über das LEBEN. Nur daß er vom Leben nicht die geringste Ahnung hatte. Der Strolch redete bloß davon, aber er machte sich nicht die Mühe, es zu *leben*.

Er schaffte es, Jack das ganze Bier wegzutrinken, ihm die Zigaretten wegzurauchen und ihn von seinen Hausaufgaben abzuhalten, nämlich die Pferdewetten für diesen Abend auszutüfteln.

›Der nächste Kerl, der mich stört‹, dachte er, ›so wahr mir Gott helfe, den schlag' ich krumm und lahm. Die fressen einen sonst noch auf, Stück für Stück, einer nach dem anderen, bis man erledigt ist. Nicht daß ich ein gewalttätiger Mensch bin, aber *die* sind's, das ist das ganze Geheimnis.‹

Er versuchte es mit einem Kaffee. Die alten Knaben hingen

herum, starrten die Bedienungen an, witzelten mit ihnen rum. All das jämmerliche, einsame, tote Fleisch.

Jack steckte sich eine Zigarette an und warf sie gleich wieder weg, weil ihm davon schlecht wurde. Er suchte sich einen Platz auf der Tribüne, ganz vorne, wo kein Mensch war. Wenn er Glück hatte und von niemand gestört wurde, konnte er sich vielleicht seine Marschroute ausarbeiten. Aber – die toten Hunde. Mit denen mußte man immer rechnen. Kerle, die jede Menge ZEIT hatten, und nichts zu tun. Sie verstanden nichts, hatten nicht mal ein Programm, und nichts zu tun. Nur rumkrebsen, gucken und schnüffeln. Sie kamen schon Stunden vor Beginn des ersten Rennens an, nichts als gähnende Leere im Kopf, und standen einfach herum.

Der heiße Kaffee tat gut. Die Abendluft war kühl und klar. Nicht einmal eine Spur von Nebel. Jack begann sich besser zu fühlen. Er zückte seinen Kugelschreiber und machte sich daran, das erste Rennen auszutüfteln. Vielleicht konnte er es doch noch schaffen. Dieser Armleuchter auf seiner Couch hatte ihn den ganzen Nachmittag gekostet. Der hatte ihn auf die Rolle gebracht. Es würde knapp werden, sehr knapp. Bis zum Beginn des ersten Rennens blieb nur noch eine Stunde, um sämtliche Wetten des Abends auszurechnen. Zwischen den Rennen ließ es sich nicht machen, mit all diesen Leuten um einen herum. Außerdem mußte man die Anzeigetafeln im Auge behalten.

Er begann mit seinen Berechnungen für das erste Rennen. So weit, so gut.

Dann hörte er Schritte. Ein toter Hund. Jack hatte ihn auf den Parkplatz starren sehen, als er die Stufen zu seinem Platz hinunter gestiegen war. Jetzt hatte der tote Hund genug vom Parkplatz und kam auf Jack zu, ein Schritt nach dem anderen, ein Kerl im mittleren Alter, in einem langen Mantel. Keine Augen, keine Vibration. Totes Fleisch. Ein toter Hund in einem langen Mantel.

Der tote Hund sägte sich langsam an ihn ran. Von Mensch zu Mensch. Ja. Alle Menschen waren Brüder. Sicher. Jack hörte ihn hinter sich. Er kam eine Stufe herab, hielt an, dann nahm er die nächste Stufe.

Jack drehte sich um und sah den Bastard an. Der tote Hund in seinem langen Mantel stand einfach da. Kein Mensch im

Umkreis von annähernd hundert Metern. Ausgerechnet zu ihm mußte dieser tote Hund schnüffeln kommen.

Jack steckte den Kugelschreiber weg. Der tote Hund stellte sich direkt hinter ihn und sah ihm über die Schulter in sein Programm.

Jack fluchte, faltete das Programm zusammen, stand auf, ging neun Meter weiter nach links und setzte sich auf einen Platz am Rand des nächsten Blocks.

Er schlug das Programm auf und machte weiter. Und dabei dachte er an die Meute auf dem Rennplatz, dieses riesige dumpfe Tier, habgierig, einsam, gemein, rücksichtslos, öde, feindselig, von sich eingenommen – und süchtig. ›Das Dumme ist‹, dachte er, ›daß die Welt verpestet ist von Milliarden Menschen, die mit ihrer Zeit nichts weiter anzufangen wissen, als sie totzuschlagen – und dich dazu.‹

Er schrieb und schrieb und hatte das erste Rennen gerade halb durch, als er es wieder hörte – die schleppenden Schritte, die auf ihn zu kamen. Er sah sich um: Es war nicht zu fassen. Da war der Hund schon wieder!

Jack faltete das Programm zusammen. Stand auf.

»Was wollen Sie denn von mir?«, fragte er den Hund.

»Wieso? Was meinen Sie damit?«

»Ich meine, warum kommen Sie dauernd an und linsen mir über die Schulter? Hier ist doch jede Menge Platz, aber Sie landen immer wieder bei mir. Was wollen Sie eigentlich, verdammt nochmal?«

»Wir leben in einem freien Land. Ich ...«

»Es ist *kein* freies Land. Alles ist gekauft oder verkauft und gehört jemand.«

»Ich meine, ich kann hier gehn und stehn, wo ich will. Ich hab' Eintritt bezahlt, genau wie Sie auch. Ich kann hingehn, wo ich will.«

»Das können Sie, aber nur, solange Sie mir nicht auf die Zehen treten. Sie benehmen sich unhöflich und stupid. Oder wie man so schön sagt: Sie NERVEN mich.«

»Ich hab' hier Eintritt bezahlt. Sie können mir nicht vorschreiben, was ich zu tun hab'.«

»All right, wie Sie wollen. Ich setz' mich jetzt woanders hin. Ich versuch' mich zu beherrschen, so gut ich kann. Aber ich verspreche Ihnen eins: wenn Sie mir NOCHMALS ankommen, verpaß ich Ihnen eine Abreibung!«

Jack suchte sich einen anderen Platz. Er sah, wie sich der Hund auf die Suche nach einem neuen Opfer machte. Trotzdem, der Bastard ging ihm nicht mehr aus dem Kopf. Jack mußte sich an die Bar begeben und einen Scotch & Soda trinken.

Als er zurückkam, waren die Pferde bereits auf der Bahn und wurden warmgeritten. Er versuchte sich das erste Rennen vollends zurechtzulegen, aber es waren jetzt zu viele Menschen da. Ein Kerl mit einer versoffenen Stimme verkündete den Leuten mit der Lautstärke eines Megaphons, daß er seit 1945 keinen Samstag auf der Rennbahn ausgelassen habe. Ein durch und durch verblödeter Schwachkopf. Eines Abends würden sie ihn im Nebel wegschaffen und wieder in seine Besenkammer stecken. Da konnte er dann onanieren.

›Tja‹, dachte Jack, ›und ich hänge am Kreuz. Da ist man nett zu den Leuten, und sie nageln einen dafür ans Kreuz. Dieser Armleuchter auf der Couch. Faselt von Mahler und Kant und Fut und Revolution, und dabei hat er von nichts ne Ahnung.‹

Er würde das erste Rennen kalt angehen müssen. Noch zwei Minuten. Noch eine. Er bahnte sich einen Weg durch die Menge. Null. »Da kommen sie!«, wurde geschrien. Ein Kerl latschte ihm über beide Füße. Er bekam einen Ellbogen in die Rippen. Ein Taschendieb prallte von seiner linken Hüfte ab.

Eine Meute von räudigen Kötern. Er setzte auf Windale Ladybird. Scheiß drauf. Der Gaul war in der *morning line* als Favorit angesetzt. Eine Standard-Wette. ›Ich verlier‹ jetzt schon den Kopf‹, dachte er.

Kant und Fut. Und Hunde.

Jack ging nach hinten, ans Ende der Tribüne. Der Startwagen fuhr bereits, und die Pferde waren gerade im Begriff, die Meile und $^1/_8$ anzugehen.

Er war noch nicht wieder an seinem Platz, als ein weiterer Hund ankam. Er ging wie in Trance, den Blick nach oben ins Gebälk, und sein Körper bewegte sich automatisch vorwärts. Ein Zusammenprall war unvermeidlich. Als sie aufeinander stießen, rammte ihm Jack den Ellbogen in den Bauch. Der Kerl knickte seitwärts ab und stöhnte.

Als er an seinem Platz war, kam Windale Ladybird mit 4 Längen Vorsprung aus der letzten Kurve. Bobby Williams war drauf und dran, sich die Meile und $^1/_8$ zu klemmen. Aber das Pferd sah Jack nicht spritzig genug aus. Nach 15 Jahren auf dem Rennplatz sah er einem Pferd instinktiv an, ob es leicht oder schwer ging. Ladybird hatte Mühe. Vier Längen Vorsprung, aber der Gaul schickte Stoßgebete zum Himmel.

Kurz vor dem Ziel waren es noch 3 Längen. Dann zog Hobby's Record außen vorbei. Das Pferd ging leicht und nahm die Beine hoch. Jack war geliefert. Drei Längen, und nicht mehr weit zum Ziel, und er war geliefert. Fünf Meter vor dem Ziel hatte sich Hobby's Record mit anderthalb Längen abgesetzt. Gute zweite Wahl, mit 7/2.

Jack zerriß seine vier Tickets. Jeweils 5 Dollar auf Sieg. ›Kant und Fut. Ich sollte lieber nach Hause gehn und mir die Piepen sparen. Heute ist einer von den Abenden, wo nichts läuft...‹

Das zweite Rennen war ebenfalls für Traber und ging über eine Meile. Diesmal war der Fall ganz klar. Man brauchte sich nicht damit aufzuhalten, wie die Pferde bisher abgeschnitten hatten. Die Menge setzte auf Ambro Indigo, weil er eine Position ganz innen hatte, antrittsschnell war und Joe O'Brien im Sulky hatte. Sein einziger ernsthafter Konkurrent, Gold Wave, hatte die Position 9 erwischt, ganz außen, und wurde von dem wenig bekannten Don McIlmurray gefahren. ›Wenn es immer so einfach wäre wie hier‹, dachte Jack, ›dann würde ich jetzt schon seit 10 Jahren in Beverly Hills wohnen.‹ Aber wegen der Pleite im ersten Rennen und wegen Kant und Fut setzte er diesmal 5 auf Sieg.

Doch dann gab es in letzter Minute noch einen Run auf Good Candy, weil der Gaul insgesamt die höchsten Siegprämien auf dem Konto hatte, und die Boys fielen darauf herein und liefen geschlossen zu Good Candy über. Die *morning line* von Candy war 20 gewesen und auf 9 gefallen. Jetzt stand sie bei 8. Die Boys drehten durch. Jack durchschaute den Schwindel und versuchte ihnen nur noch aus dem Weg zu gehen. Doch da kam ein RIESE auf ihn zu – er mußte mindestens 2,40 groß sein. Wo kam der plötzlich her? Jack hatte ihn noch nie gesehen. Der Riese wollte auf

CANDY setzen, er sah nur noch das Fenster des Totalisators, und der Startwagen rollte bereits auf die Linie zu. Der Kerl – jung, und so stupid wie er hoch und breit war – kam auf Jack zu und trampelte alles nieder. Jack versuchte auszuweichen. Zu spät. Der Kerl rammte ihm den Ellbogen an die Schläfe und schleuderte ihn 9 Meter weit zur Seite. Jack sah Sternchen in sämtlichen Regenbogenfarben.

»Hey! Du Arschloch!«, schrie Jack hinter dem Riesen her. Aber der beugte sich bereits zum Fenster rein und kaufte seine Tickets. Seine Nieten. Jack ging zurück an seinen Platz.

Gold Wave kam um die Kurve und hatte eingangs der Zielgeraden einen Vorsprung von drei Längen. Das Pferd ging locker und leicht. Es wurde eine sichere Sache, bei 4/1. Aber Jack hatte nur 5 auf Sieg, und das brachte ihn insgesamt nur ganze $ 6,50 nach vorn. Naja, besser als Latrinenputzen.

Er verlor das 3 Rennen, das 4. und das 5. Er erwischte Lady Be Fast mit 6/1 im sechsten, riskierte es mit Beautiful Handover, 8/5, im siebten, kam damit durch und lag nun ganze $ 30 vorn, nur so auf gut Glück, und dann setzte er 20 auf Propensity im achten, 3/1, und Propensity brach schon kurz nach dem Start aus, und damit war die letzte Chance dahin.

Er trank seinen zweiten Scotch & Soda. Ohne feste Marschroute an die Sache ranzugehen, das war, als wollte man in einer dunklen Besenkammer einen Wasserball pimpern. Besser rechtzeitig aussteigen. Das Sterben fiel einem schließlich leichter, wenn man zwischendurch gelegentlich in Acapulco ausspannen konnte.

Jack sah hinüber zu den Girls, die auf den Stühlen entlang der Wand saßen und ihr Fleisch herzeigten. Diese Klubhaus-Miezen waren sauber und sahen gut aus, aber sie waren nur gut zum Ansehen. Sie waren hier, um den Gewinnern ihr Geld abzunehmen. Er genoß ein paar Augenblicke den Anblick dieser Beine, dann drehte er sich um und wollte auf die Anzeigetafel sehen, wurde aber abgelenkt von einer Hüfte und einem Schenkel, die sich an ihn drückten. Eine Titte streifte ihn, und ein dezenter Hauch von Parfüm.

»Sagen Sie, Mister. Entschuldigen Sie, daß ich störe . . .«

»Aber gern.«

Der Druck dieses Schenkels verstärkte sich. Er brauchte jetzt nur die magischen Worte zu sagen, und schon hatte er eine 50-Dollar-Möse zum Mitnehmen. Aber er hatte noch nie eine Möse gesehen, die 50 Dollar wert war.

»Yeh«, sagte er.

»Was ist das für ein Gaul mit der Nummer 3?«

»Mae Western.«

»Meinen Sie, der gewinnt?«

»Nicht gegen die Konkurrenz. Vielleicht in 'nem anderen Rennen, und in einer besseren Position.«

»Ich brauch' einfach ein Pferd, das Geld bringt. Sehn Sie hier was, was zu Geld kommt?«

»Ja, dich«, sagte Jack und ließ sie stehen.

Fut und Kant und ein trautes Heim.

Sie kauften immer noch Mae Western, und Brisk Risk fiel zurück.

TRABRENNEN ÜBER EINE MEILE. STUTEN, DREI-JÄHRIGE UND JÜNGER. SIEGPRÄMIEN 1968 UN-TER $ 10 000. Pferde verdienten mehr Geld als die meisten Männer. Nur konnten sie es nicht ausgeben.

Eine Bahre wurde vorbeigeschoben. Unter den Decken lag eine alte grauhaarige Frau.

Eine neue Anzeige leuchtete auf. Brisk Risk war weiter gefallen. May Western hatte einen Punkt zugelegt.

»Hey, Mister!«

Die Stimme eines Mannes, hinter ihm.

Jack konzentrierte sich auf die Anzeigetafel.

»Yeah?«

»Ham Sie'n Vierteldollar für mich?«

Jack drehte sich nicht um. Er griff in die Tasche, fischte einen Vierteldollar heraus und hielt ihn auf der flachen Hand nach hinten. Er spürte die Finger des Mannes, die ihm die Münze aus der Hand nahmen. Er bekam den Mann nie zu Gesicht.

Auf der Anzeigetafel leuchtete das Zeichen für die letzten Wetten auf.

»Da kommen sie!«

Oh, shit.

Er rannte ans 10-Dollar-Fenster, setzte einmal auf PIXIE DEW, 20 zu 1, und zweimal auf CECELIA, 7/2. Er wußte nicht mehr, was er tat. Alles verlangte nach einem bestimmten Vorgehen – Stierkampf, Ficken, Eier braten, Wasser und Wein trinken –, und wenn man es nicht richtig machte, dann erstickte man daran und es brachte einen um.

Cecelia übernahm die Führung und blieb auch in der gegenüberliegenden Geraden vorne. Jack sah sich an, wie das Pferd ging. Er witterte eine Chance. Es hatte noch keine Mühe, und der Fahrer ließ die Leine locker. Sah ganz passabel aus. Bis jetzt. Aber das Pferd dahinter sah besser aus. Jack sah im Programm nach. KIMPAM, 12/1, *morning line 25*, die Leute hatten es nicht haben wollen. Das Pferd hatte Joe O'Brien im Sulky, aber Joe hatte in der vorletzten Veranstaltung mit dem gleichen Pferd bei 9/1 versagt. Der perfekte Außenseiter. Lighthill ließ bei Cecelia die Leine durchhängen, Cecelia ging frei, Vollgas, Lighthill mußte entweder siegen oder sich einbalsamieren lassen. Eine eindeutige Chance. Eingangs der Zielgeraden hatte er 4 Längen Vorsprung herausgefahren. O'Brien ließ Lighthill diese 4 Längen davonziehen. Dann beugte er sich nach vorn und ließ Kimpam laufen. ›Oh, Scheiße‹, dachte Jack, ›nicht mit 25/1! Bring diese Stute auf Trab, Lighthill. Wir haben vier Längen! Mach schon! 20 auf Sieg bei 7/2, das kann 98 Dollar bringen. Wir können diesen Abend noch retten!‹

Er sah sich Cecelia an. Der Gaul brachte die Beine nicht mehr besonders hoch. Fut und Kant und Kimpam. Cecelia machte kürzere Schritte, kam auf der Mitte der Geraden fast zum Stehen. O'Brien segelte mit seinen 25/1 vorbei, federte in seinem Sulky, flappte mit den Leinen, unterhielt sich mit seinem Gaul.

Dann kam Pixie Dew außen auf. Ackerman gab seinem 20/1 Shot soviel Leine, wie er brauchte, und griff zur Peitsche. 20 mal zehn. 200 Dollar und ein paar Zerquetschte. Ackerman kam bis auf etwas mehr als eine Länge an O'Brien heran, und so kamen sie vorbei. O'Brien hielt seinen Vorsprung, quatschte mit seinem Gaul, segelte mit einem leichten Lächeln auf den Lippen durchs Ziel, und das Ding war gelaufen. Kimpam, kastanienbraune Stute, 4, von Irish-Meadow Wick. Irish? Und O'Brien? Scheiße, es war nicht zum Aushalten. Die hirnverbrannten Hutnadel-Omas aus den Irrenhäusern der Hölle hatten tatsächlich einen Sieger erwischt.

Vor den 2-Dollar-Schaltern drängten sich die verhutzelten alten Rentnerinnen mit ihren Halbliterflaschen Gin in den Handtaschen.

Die Fahrstühle waren überfüllt. Jack ging über die Treppe nach unten. Er verstaute seine Barschaft in der linken Hosentasche, um die Taschendiebe abzublocken. Seine Arschtasche räumten sie fünf- oder sechsmal am Abend aus, aber er gab ihnen nie mehr als einen Kamm mit abgebrochenen Zähnen und ein altes Taschentuch.

Er schaffte es zu seinem Wagen, schob sich im Gewühl vom Parkplatz herunter, ließ sich einen Kotflügel abreißen. Es lag jetzt Nebel, und er wurde immer dichter. Aber er schaffte es ohne Schwierigkeiten bis North Hollywood. In der Nähe seiner Bude sah er im Nebel eine Anhalterin stehen, jung, kurzes Kleid, oh Mother, er trat auf die Bremse, gute Beinarbeit, aber bis der Wagen zum Stehen kam, war sie schon 15 Meter hinter ihm, und es kamen noch mehr Autos. Er hatte keine Lust, nochmal umzukehren. Sollte sie sich doch von irgendeinem Schwachkopf vergewaltigen lassen.

Er sah nach, ob in seiner Bude Licht brannte. Nein, niemand da. Gut. Er ging rein, setzte sich, machte den Daumen naß und blätterte die Rennzeitung für den folgenden Tag auf. Er entkorkte einen kleinen Whisky, machte eine Dose Bier auf und ging an die Arbeit. Nach fünf Minuten klingelte das Telefon. Er sah hoch, zeigte dem Telefon den Mittelfinger und beugte sich wieder über die Zeitung. Der alte Profi war wieder im Geschäft.

Zwei Stunden später waren sechs große Dosen Bier und eine kleine Flasche Whisky alle, und er lag im Bett, schlief, und der Wettplan für den nächsten Tag war fix und fertig ausgearbeitet. Ein kleines zuversichtliches Lächeln lag auf seinem Gesicht. Es gab Dutzende von Möglichkeiten, wie man verrückt werden konnte.

Ausschuß

Der Krankenwagen war voll, aber sie legten mich noch oben drauf, und ab ging's. Ich hatte bereits eine ganze Menge Blut erbrochen, und wenn es mir jetzt wieder hochkam, würde ich die Leute unter mir vollmachen. Das machte mir Sorgen. Wir fuhren durch die Straßen und hörten uns die Sirene an. Sie klang entfernt. Es hörte sich an, als komme sie gar nicht von unserem Krankenwagen. Wir waren alle auf dem Weg ins Landeskrankenhaus. Sozialfälle. Ausschuß. Jeder litt an etwas anderem, und viele von uns würden dort nicht mehr lebend herauskommen. Das einzige, was wir gemeinsam hatten, war, daß wir alle kein Geld hatten und unsere Chancen minimal waren. Wir lagen wie die Ölsardinen da drin. Ich hatte nie gedacht, daß in einem Krankenwagen so viele Menschen paßten.

»Lieber Gott, ach lieber Gott«, hörte ich unter mir eine Schwarze sagen, »ich hab' nie gedacht, daß MIR mal so was passiert! Ach Gott, ich hab' nie gedacht, daß es mal soweit kommt...«

So sah ich das nicht. Ich poussierte schon seit einer ganzen Weile mit dem Tod. Ich kann nicht sagen, daß wir dicke Freunde waren, aber wir waren gute Bekannte. An diesem Abend war er mir unverhofft ein bißchen arg nahe gekommen. Es hatte einige Vorwarnungen gegeben. Schmerzen, als würde mir ein Messer im Bauch umgedreht. Aber das hatte ich ignoriert. Ich hatte mir eingebildet, ich sei ein harter Bursche, und Schmerzen waren für mich das gleiche wie Pech: man sah drüber weg. Ich goß einfach Whisky darauf und schaffte mich in meinen nächsten Suff rein. Der Whisky hatte mich reingeritten. Ich hätte lieber bei Wein · bleiben sollen.

Das Blut, das von innen heraus kommt, ist nicht das hellrote Blut, wie es z.B. aus einem Schnitt im Finger kommt. Es ist dunkelrot, fast schwarz, und es stinkt. Es stinkt schlimmer als Scheiße. All diese lebensspendende Flüssigkeit, sie roch schlimmer als ein Bierschiß.

Ich spürte, wie mir wieder ein Schwall hochkam. Es war das gleiche Gefühl, wie wenn einem der Mageninhalt hochkommt. Ein Gefühl der Erleichterung. Aber das war nur eine Illusion. Jeder Schwall brachte einen dem Tod ein bißchen näher.

»Ach lieber Gott, ich hab' nie gedacht...«

Das Blut kam hoch, und ich behielt es im Mund. Ich wußte nicht, was ich anfangen sollte. Ich lag auf dem obersten Regal, und wenn ich den Mund aufmachte, würden die Freunde unter mir ziemlich naß werden. Also behielt ich das Blut im Mund und versuchte mir eine Lösung auszudenken. Der Krankenwagen bog um eine Ecke, und das Blut begann mir aus den Mundwinkeln zu tropfen. Naja, ein Mensch mußte den Anstand wahren, auch wenn er im Sterben lag. Ich riß mich zusammen, machte die Augen zu und schluckte mein Blut wieder runter. Mir wurde schlecht, aber ich hatte das Problem gelöst. Ich konnte nur hoffen, daß wir bald irgendwo hinkamen, wo ich die nächste Ladung ablassen konnte.

Eigentlich dachte ich überhaupt nicht an so etwas wie Sterben. Mein einziger Gedanke war: diese Sache hier ist unheimlich lästig, das nimmt einfach seinen Lauf, ohne daß ich was dagegen machen kann. Du wirst in die Enge getrieben und rumgeschubst.

Der Krankenwagen hielt, und dann lag ich auf einem Tisch, und sie stellten mir Fragen: Religionszugehörigkeit? Wo sind Sie geboren? Schulden Sie uns noch Geld für frühere Behandlungen? Wann sind Sie geboren? Leben Ihre Eltern noch? Sind Sie verheiratet? Na, ihr wißt ja, was man da alles gefragt wird. Sie reden mit einem, als sei man noch ganz gut beieinander. Sie gehen nicht einmal spaßeshalber darauf ein, daß man am Abkratzen ist. Und sie haben es überhaupt nicht eilig. Das wirkt zwar beruhigend, aber es liegt nicht in ihrer Absicht: sie finden es einfach langweilig, und es ist ihnen egal, ob man stirbt, fliegt oder furzt. Naja, furzen wäre ihnen vielleicht nicht so angenehm.

Dann ging es in einem Fahrstuhl abwärts, und als die Tür aufging, schienen wir in einem finsteren Keller zu sein. Sie schoben mich heraus. Sie legten mich auf ein Bett und gingen. Ein Pfleger tauchte aus dem Nichts auf und gab mir eine kleine weiße Tablette.

»Nehmen Sie das ein«, sagte er. Ich schluckte die Tablette. Er gab mir ein Glas Wasser und verschwand. Das war die freundlichste Geste, die ich seit langem erlebt hatte.

Ich lehnte mich zurück und besah mir meine Umgebung. Acht oder zehn Betten standen da, alle belegt mit männlichen amerikanischen Wesen. Jeder hatte eine Blechkanne voll Wasser und ein Glas auf seinem Nachttisch stehen. Die Bettlaken machten einen sauberen Eindruck. Es war sehr dunkel und kalt da unten, man kam sich vor wie im Keller einer Mietskaserne. Von der Decke hing eine einzige kleine Glühbirne, ohne Schirm. Neben mir lag ein riesiger Mensch, er war alt, Mitte 50, aber er wirkte riesig; seine Körperfülle war zwar größtenteils Fett, aber man hatte das Gefühl, als stecke eine Menge Kraft in ihm. Er war mit breiten Gurten ans Bett gefesselt. Er starrte nach oben und redete an die Decke...«

»... und er war so ein netter Junge, so ein netter anständiger Junge, er brauchte den Job, er sagte, er braucht den Job, und ich sagte: ›Du gefällst mir, Junge, wir brauchen einen guten Schnellkoch, einen guten ehrlichen Schnellkoch, und ich seh's einem an, ob er ehrlich ist, Junge, ich seh' sofort, ob einer 'n anständigen Charakter hat, wenn du für uns arbeitest, für mich und meine Frau, dann hast du hier einen Job fürs Leben, Junge...‹ und er sagte: ›All right, Sir‹, einfach so, und er schien sehr froh zu sein, daß er den Job gekriegt hatte, und ich sagte: ›Martha, da haben wir einen guten Jungen, einen netten anständigen Jungen, der wird uns nicht an die Kasse gehn wie diese elenden Dreckskerle, die wir bis jetzt immer hatten.‹ Na, ich ging los und kaufte Brathähnchen ein, zu 'nem günstigen Preis, wirklich ein günstiges Angebot. Martha versteht sich auf Brathähnchen, die hat da so'n richtig magischen Touch, gegen die ist Colonel Sanders bloß ein drittklassiger Kantinenfritze. Also ich ging los und kaufte 20 Hähnchen fürs Wochenende. Wir wollten an dem Wochenende mit 'nem Brathähnchen-Sonderangebot ein gutes Geschäft machen. 20 Hähnchen hab' ich eingekauft. Da konnte Colonel Sanders nur noch einpacken. An so 'nem Wochenende kann man 200 Dollar Gewinn machen, wenn alles läuft. Der Junge half uns sogar die Hähnchenrupfen und vierteilen, in seiner Freizeit. Martha und ich hatten keine Kinder. Mir ist dieser Junge richtig ans Herz gewachsen. Na, Martha hat also die Hähnchen gerichtet, hinten in der Küche, hat sie backfertig gemacht... auf 19 verschiedene Arten, überall nix als Hähnchen, sie kamen uns schon zum Arsch raus. Der Junge brauchte sich nur noch um die anderen Sachen zu kümmern, Buletten, Steaks, undsoweiter. Die Hähnchen waren fix und fertig. Und weiß Gott, wir hatten ein großes Wochenende. Freitagabend, Samstag und Sonntag. Der Junge konnte zupacken, und 'ne angenehme Art hatte er auch. War nett, ihn da zu haben. Er sagte lauter so lustige Sachen. Er nannte mich Colonel Sanders, und ich nannte ihn Sohn. Col. Sanders & Sohn, das waren wir. Als wir am Samstag Feierabend machten, waren wir alle müde, aber wir waren glücklich. Wir waren die ganzen Hähnchen losgeworden, bis zum letzten Schlegel. Das Lokal war proppenvoll gewesen, die Leute standen Schlange für einen Platz, so was hat man noch nie gesehn. Ich schloß die Tür ab und holte einen guten Whisky raus und wir saßen da, müde aber glücklich, und genehmigten uns ein paar Drinks. Der Junge spülte das Geschirr und fegte den Boden. ›All right, Colonel Sanders‹, sagte er, ›wann soll ich morgen abend kommen?‹ ›Halb 7‹, sagte ich, und er nahm seine Mütze und ging. ›Das ist ein verdammt netter Junge, Martha‹, sagte ich, und dann ging ich rüber zur Kasse und wollte das Geld zählen. Die Kasse war LEER! Ganz recht! LEER war sie! Und die Zigarrenkiste mit den Einnahmen von den zwei Tagen davor hatte er auch gefunden. Sah so anständig aus, der Junge... ich versteh' das nicht... Ich hab' ihm gesagt, er könnte einen Job fürs Leben haben, das hab' ich ihm gesagt. 20 Brathähnchen... Martha kennt sich wirklich aus mit Hähnchen... Und der Junge, dieser elende Dreckskerl, haut uns mit dem ganzen verdammten Geld ab, dieser Kerl...«

Und dann schrie er. Ich habe schon viele Menschen schreien hören, aber so wie den noch keinen. Er bäumte sich unter seinen Gurten auf und schrie. Es sah aus, als würden die Gurte gleich reißen. Das ganze Bett ratterte, und seine Schreie hallten von den Wänden zurück. Der Mann war restlos verzweifelt. Er machte es nicht kurz mit dem Schreien. Es dauerte und dauerte. Dann hörte er auf. Wir anderen entspannten uns wieder in unseren Betten und genossen die Stille.

Dann fing er wieder an zu reden. »Er war so ein netter Junge, er gefiel mir, ich sagte ihm er könnte einen Job fürs Leben haben. Er sagte immer so lustige Sachen, es war nett ihn da zu haben. Ich ging los und kaufte diese 20 Hähnchen ein. 20 Brathähnchen. An einem guten Wochenende kann man glatt 200 Dollar machen. Wir hatten 20 Brathähnchen. Der Junge nannte mich Colonel Sanders...«

Ich beugte mich aus dem Bett und erbrach einen Mundvoll Blut.

Am nächsten Tag kam eine Krankenschwester und half mir auf eine Bahre mit Rädern dran. Ich kotzte immer noch Blut und war ziemlich geschwächt. Sie schob mich in den Aufzug und brachte mich nach oben.

Der Röntgenassistent stellte sich hinter seinen Apparat. Ich bekam eine scharfe Eisenkante in den Bauch gedrückt, und sie sagten, ich solle so stehenbleiben. Ich fühlte mich sehr schwach.

»Ich bin zu schwach. Ich kann mich nicht aufrechthalten«, sagte ich.

»Bleiben Sie so stehen«, sagte der Assistent.

»Ich glaube, ich kann nicht«, sagte ich.

»Halten Sie still.«

Ich spürte, wie ich langsam nach hinten kippte.

»Ich falle um«, sagte ich.

»Bleiben Sie stehn«, sagte er.

»Halten Sie still«, sagte die Schwester.

Ich fiel nach hinten um. Ich hatte das Gefühl, als sei ich aus Gummi. Ich spürte überhaupt nichts, als ich auf dem Boden aufschlug. Ich fühlte mich sehr leicht. Wahrscheinlich war ich es auch.

»Ach verdammt!«, sagte der Assistent.

Die Schwester half mir hoch und stellte mich wieder an den Apparat, und die Eisenkante drückte mir in den Bauch.

»Ich kann nicht stehen«, sagte ich. »Ich glaube, ich sterbe. Ich kann mich nicht aufrechthalten. Tut mir leid, aber es geht nicht.«

»Stehn Sie still«, sagte der Assistent. »Bleiben Sie so stehen.«

»Stehn Sie still«, sagte die Schwester.

Ich spürte, wie ich wieder ins Wanken kam. Ich fiel nach hinten um.

»Verdammt nochmal!«, brüllte der Assistent, »Sie haben mir zwei Platten ruiniert! Diese gottverdammten Platten kosten Geld!«

»Tut mir leid«, sagte ich.

»Schaffen Sie ihn hier raus!«, sagte er.

Die Schwester half mir hoch und packte mich wieder auf die Bahre. Sie schob mich zurück in den Aufzug und summte dabei vor sich hin.

Sie holten mich aus dem Keller und steckten mich in einen großen Raum, einen sehr großen Raum. Ungefähr 40 Leute lagen da drin im Sterben. Die Kabel, an denen die Klingelknöpfe hingen, hatte man gekappt, und die dicken Holztüren waren auf beiden Seiten mit Eisenblech beschlagen und schirmten die Ärzte und Schwestern von uns ab. Sie hatten links und rechts an meinem Bett die Gitter hochgemacht, und man forderte mich auf, die Bettpfanne zu benutzen, aber ich hatte etwas gegen Bettpfannen. Ich wollte da kein Blut reinwürgen, und reinscheißen wollte ich erst recht nicht. Wenn ein Mensch je eine bequeme und sinnvolle Bettpfanne erfindet, wird er sich damit bei Ärzten und Krankenschwestern für alle Zeiten verhaßt machen.

Ich verspürte immer wieder einen Drang zum Scheißen, aber ich hatte nicht viel Glück damit. Natürlich, alles was sie mir gaben war Milch, und meine Magenwände hatten Risse, da konnte ja auch nicht viel bis zum Darmausgang durchkommen. Eine Schwester hatte mir zähes Roastbeef und halbgare Karotten und halb zerdrückte Kartoffeln vorgesetzt. Ich hatte abgelehnt. Ich wußte, daß sie damit nur auf die Schnelle ein Bett leerkriegen wollten.

Jedenfalls, da war also dieser Drang zum Scheißen. Merkwürdig. Es war meine zweite oder dritte Nacht da drin. Ich war sehr geschwächt. Es gelang mir, an einer Seite das Gitter herunter zu klappen und aus dem Bett zu kriechen. Ich schaffte es bis aufs Klo, und da saß ich dann und drückte und drückte. Dann stand ich auf und sah nach. Nichts. Nur eine kleine Pfütze Blut. Dann wurde mir schwindelig, ich stützte mich mit einer Hand an der Wand ab und erbrach einen Mund voll Blut. Ich zog die Spülung und ging raus.

Im Zimmer, auf halbem Weg zu meinem Bett, kam mir wieder ein Mund voll Blut hoch. Ich fiel hin. Ich erbrach noch einen Schwall, auf den Fußboden. Ich hatte nie gewußt, daß Menschen soviel Blut in sich haben. Nochmal ein Schwall.

»Du elender Hund!«, schrie mich ein alter Mann aus seinem Bett an. »Hör auf, damit man hier drin endlich schlafen kann!«

»Tut mir leid, Kamerad«, sagte ich. Dann verlor ich das Bewußtsein.

Die Schwester war wütend. »Sie Miststück«, sagte sie, »ich hab' Ihnen doch gesagt, Sie sollen das Gitter am Bett nicht runterklappen. Ihr verfluchten Scheißer macht mir die ganze Nachtschicht zu Hölle!«

»Deine Pussy stinkt«, eröffnete ich ihr. »Du gehörst in ein Bordell in Tijuana.«

Sie packte mich an den Haaren, zerrte mir den Kopf hoch und schlug mir links und rechts eine rein.

»Nehmen Sie das zurück!«, sagte sie. »Nehmen Sie das zurück!«

»Florence Nightingale«, sagte ich, »ich liebe dich.«

Sie ließ meinen Kopf wieder runter auf den Fußboden und ging aus dem Zimmer. Die Lady hatte wirklich Pep und Temperament. Das gefiel mir. Ich wälzte mich quer durch meine Blutlache und weichte mein Nachthemd darin ein. Das würde ihr eine Lehre sein.

Florence Nightingale kam in Begleitung einer weiteren Sadistin herein, sie setzten mich auf einen Stuhl und zogen mich darauf zu meinem Bett hin.

»Der gottverdammte Krach ist zu laut!«, sagte der alte Mann. Er hatte recht.

Sie wuchteten mich ins Bett, und Florence machte das Gitter an der Seite wieder hoch. »Da bleiben Sie jetzt drin, Sie Miststück«, sagte sie. »Nochmal so was, und Sie kommen mir nicht mehr so glimpflich davon.«

»Lutsch mir einen runter«, sagte ich. »Lutsch mir einen runter, eh du gehst.«

Sie beugte sich über das Gitter herein und sah mir ins Gesicht. Sie hatte einen leidenschaftlichen Ausdruck in ihren weit aufgerissenen Augen. Ich krempelte das Laken an mir herunter und zog mein Nachthemd hoch. Sie spuckte mir ins Gesicht. Dann ging sie raus.

Als nächstes kam die Oberschwester an.

»Mr. Bukowski«, sagte sie, »wir können Ihnen keine Bluttransfusionen geben. Sie sind bei uns nicht eingetragen.«

Sie lächelte. Sie ließ mich wissen, daß man mich da drin verrecken lassen wollte.

»Mir doch egal«, sagte ich.

»Wollen Sie einen Priester?«

»Wozu?«

»Auf Ihrer Karteikarte steht, daß Sie Katholik sind.«

»Das hab' ich nur so hingeschrieben.«

»Warum?«

»Ich war's mal. Wenn man ›konfessionslos‹ hinschreibt, kriegt man bloß 'n Haufen Fragen gestellt.«

»Für uns sind Sie Katholik, Mr. Bukowski.«

»Hören Sie, das Reden fällt mir schwer. Ich bin am Sterben. Also meinetwegen, dann bin ich eben Katholik. Ganz wie Sie wollen.«

»Wir können Ihnen keine Bluttransfusionen geben, Mr. Bukowski.«

»Hören Sie, mein alter Herr ist Angestellter bei der Bezirksverwaltung. Die haben sicher ein Programm, wo man auch Transfusionen kriegt. Los Angeles County Museum. Ein Mr. Henry Bukowski. Er haßt mich.«

»Wir werden das prüfen.«

Es gab irgendein Mißverständnis mit meinen Papieren. Sie lagen unten herum, während ich oben war. Erst am vierten Tag bekam ich einen Arzt zu sehen, und bis dahin hatten sie herausgefunden, daß mein Vater, der mich haßte, ein guter Bürger war, der einen Job hatte und einen arbeitslosen versoffenen Sohn, der im Sterben lag, und der gute Bürger hatte einen Blutspender-Ausweis, und da hängten sie mich eben an eine Flasche an und ließen es in mich reinlaufen. 13 Flaschen Blut und 13 Flaschen Glukose, nacheinander. Die Schwester fand langsam keine Stelle mehr, wo sie mir die Kanüle reinstecken konnte ...

Einmal wurde ich wach, und der Priester beugte sich über mich.

»Pater«, sagte ich, »bitte gehn Sie weg. Ich kann ohne das sterben.«

»Sie wollen, daß ich gehe, mein Sohn?«

»Ja, Pater.«

»Haben Sie den Glauben verloren?«

»Ja, den hab' ich verloren.«

»Wer einmal Katholik ist, der bleibt es für immer, mein Sohn.«

»Bullshit, Pater.«

Ein alter Mann im Bett nebenan sagte: »Pater, Pater, kommen Sie zu mir. Reden Sie mit mir, Pater.«

Der Priester ging zu ihm. Ich wartete auf meinen Tod. Na, ihr wißt verdammt gut, daß ich damals nicht gestorben bin, sonst würde ich euch das hier jetzt nicht erzählen.

Sie verlegten mich in ein anderes Zimmer. Ein Weißer und ein Schwarzer lagen darin. Der Weiße kriegte jeden Tag frische Rosen. Er züchtete zu Hause Rosen, die er an Blumenläden verkaufte. Im Augenblick züchtete er allerdings alles andere als Rosen. Der Schwarze hatte einen Magendurchbruch, genau wie ich. Der Weiße hatte ein Herzleiden, ein schweres Herzleiden. Wir lagen herum, und der Weiße erzählte uns, wie er zu Hause Rosen züchtete, und wie gern er jetzt eine Zigarette hätte, mein Gott, wie sehr er jetzt eine Zigarette brauchte. Ich erbrach inzwischen kein Blut mehr. Ich schiß nur noch Blut. Ich hatte das Gefühl, daß ich überm Berg war. Ich hatte gerade wieder eine Flasche Blut absorbiert, und sie hatten mir die Kanüle aus dem Arm gezogen.

»Ich geh' und hol dir 'ne Packung, Harry.«

»Ach Gott, vielen Dank, Hank.«

Ich stieg aus dem Bett. »Gib mir 'n bißchen Geld.«

Harry gab mir ein paar Münzen.

»Wenn er was raucht, stirbt er«, sagte Charley. Charley war der Schwarze.

»Bullshit, Charley. Ein paar Zigaretten haben noch keinem was getan.«

Ich ging aus dem Zimmer und den Flur hinunter. Im Wartezimmer stand ein Zigarettenautomat. Ich drückte eine Packung und ging damit zurück. Dann lagen wir alle drei da und rauchten Zigaretten. Das war am Morgen. Gegen Mittag kam der Arzt herein und hängte Harry an eine Maschine an. Die Maschine spuckte und furzte und rasselte.

»Sie haben geraucht, wie?«, sagte er zu Harry.

»Nein, Doktor. Ehrlich. Ich hab' nicht geraucht.«

»Wer von euch beiden hat ihm Zigaretten gekauft?«

Charley sah an die Decke. Ich sah an die Decke.

»Wenn Sie noch *eine* Zigarette rauchen, sind Sie ein toter Mann«, sagte der Arzt zu Harry.

Dann griff er sich seine Maschine und ging hinaus. Sobald er draußen war, holte ich die Packung Zigaretten unter meinem Kopfkissen hervor.

»Gib mir eine«, sagte Harry.

»Du hast gehört, was der Doktor gesagt hat«, sagte Charley.

»Yeah«, sagte ich und ließ einen wunderschönen blauen Rauchkringel an die Decke steigen, »du hast gehört, was der Doktor gesagt hat: ›Wenn Sie noch *eine* Zigarette rauchen, sind Sie ein toter Mann‹ . . .«

»Lieber ein schöner Tod als ein elendes Leben«, sagte Harry.

»Ich will an deinem Tod nicht schuld sein, Harry«, sagte ich. »Ich werde die Zigaretten jetzt Charley geben, und wenn er dir eine geben will, dann meinetwegen.«

Ich gab Charley die Packung. Er hatte das mittlere Bett.

»All right, Charley«, sagte Harry. »Laß jucken.«

»Ich kann nicht, Harry. Ich kann dich doch nicht umbringen.«

Charley gab mir die Zigaretten zurück.

»Komm schon, Hank, gib mir 'ne Lulle!«

»Nein, Harry.«

»Mann, ich bitte dich! Bloß eine! Eine einzige! Bitte!«

»Aach, Menschenskind!«

Ich warf ihm die ganze Packung rüber. Seine Hand zitterte, als er sich eine herausnahm.

»Ich hab' keine Streichhölzer. Hat einer von euch Streichhölzer?«

»Oh Menschenskind . . . !«

Ich warf ihm die Streichhölzer rüber.

Sie kamen herein und hängten mich an eine weitere Flasche an. Ungefähr zehn Minuten später tauchte mein Vater auf.

Er hatte Vicky dabei. Sie war so besoffen, daß sie kaum noch stehen konnte.

»Lover!«, sagte sie. »Lover Boy!«

Sie wankte zu mir her ans Bett.

Ich sah meinen Alten an. »Du Hundsknochen«, sagte ich, »was mußt du sie besoffen hier anschleppen?!«

»Lover Boy, willst du mich denn gar nicht sehn, hm? Hm? Lover Boy?«

»Ich hab' dir immer gesagt, du sollst dich mit so einer Frau nicht einlassen«, sagte er.

»Du mieser Knochen. Sie ist pleite, du hast ihr Whisky gekauft und sie besoffen gemacht, und jetzt schleppst du sie hier an!«

»Ich hab' dir immer gesagt, daß sie nichts taugt, Henry. Ich hab' dir gesagt, sie ist 'ne schlechte Frau.«

»Liebst du mich denn nicht mehr, Lover Boy?«

»Schaff sie hier raus ... SOFORT!«, sagte ich zum Alten.

»Nein. Ich will, daß du mal siehst, was für eine Frau du da hast.«

»Ich weiß selber, was für 'ne Frau ich hab'. Und jetzt schaff sie hier raus, sonst zieh ich mir diese Kanüle hier aus dem Arm und brech dir die Gräten!«

Der Alte bugsierte sie hinaus. Ich ließ mich wieder in die Kissen fallen.

»Die sieht aber klasse aus«, sagte Harry.

»Ich weiß«, sagte ich. »Ich weiß.«

Inzwischen schiß ich auch kein Blut mehr, und sie gaben mir eine Liste, auf der stand, was ich essen durfte. Außerdem eröffneten sie mir, der nächste Drink werde mein Tod sein. Vorher hatten sie mir bereits gesagt, ich würde sowieso sterben, falls ich mich nicht operieren ließ. In Sachen ›Operation oder Tod‹ hatte ich eine fürchterliche Auseinandersetzung mit einer japanischen Ärztin gehabt. »Keine Operation«, hatte ich gesagt, und sie war rausgegangen und hatte wütend mit dem Arsch gewackelt.

Harry teilte sich die Zigaretten ein. Als ich das Krankenhaus verließ, lebte er immer noch.

Ich ging in der Sonne vor mich hin, um zu sehen, was für ein Gefühl es war. Es war nicht schlecht. Der Verkehr rauschte an mir vorbei. Der Gehsteig war so wie immer. Ich überlegte, ob ich mit dem Bus nach Hause fahren oder lieber jemand anrufen sollte, damit er mich abholte. Ich ging in ein Lokal, um zu telefonieren. Ich setzte mich erst mal hin und rauchte eine Zigarette.

Der Barkeeper kam her, und ich bestellte mir eine Flasche Bier.

»Was läuft denn so?«, fragte er.

»Nichts Besonderes«, sagte ich.

Er ging weg. Ich goß mir das Bier in ein Glas, dann sah ich das Glas eine Weile an, und dann trank ich es halb aus. Jemand steckte eine Münze in die Jukebox, und wir hatten ein bißchen Musik. Das Leben sah wieder ein wenig besser aus. Ich trank das Glas aus, goß es mir wieder voll und fragte mich, ob ich je wieder einen hochkriegen würde. Ich sah mich im Lokal um. Keine Frauen. Ich tat das Nächstbeste: ich nahm das Glas in die Hand und trank es aus.

Heißes Pflaster

Frank ging über die Treppe nach unten. Er hatte etwas gegen Aufzüge. Er hatte gegen vieles etwas. Er hatte auch was gegen Treppen; aber nicht ganz so viel wie gegen Aufzüge.

Der Portier rief ihn zu sich her. »Mr. Evans! Kommen Sie mal bitte?«

Der Portier hatte ein Gesicht wie kalter Grießbrei. Frank mußte sich beherrschen, um ihm keine reinzuhauen. Der Portier sah sich in der Halle um, dann beugte er sich weit nach vorn.

»Mr. Evans, wir haben Sie beobachtet.«

Der Portier sah sich wieder in der Halle um. Er sah, daß niemand in der Nähe war und beugte sich wieder nach vorn.

»Mr. Evans, wir haben Sie beobachtet, und wir glauben, daß Sie langsam Ihren Verstand verlieren.«

Der Portier richtete sich jetzt auf und sah Frank ins Gesicht.

»Ich hätte Lust, mir einen Film anzusehen«, sagte Frank. »Wissen Sie zufällig, wo ein guter Film läuft?«

»Bleiben wir doch bitte beim Thema, Mr. Evans.«

»Na gut, ich verliere also meinen Verstand. Sonst noch was?«

»Wir möchten Ihnen helfen, Mr. Evans. Ich glaube, wir haben da ein Stück von Ihrem Verstand gefunden. Wollen Sie es wiederhaben?«

»Na schön. Geben Sie mir eben das Stück von meinem Verstand wieder.«

Der Portier griff unter den Tisch und brachte etwas zum Vorschein. Es war in Zellophan eingewickelt.

»Hier ist es, Mr. Evans.«

»Danke.«

Frank steckte es in die Tasche und ging hinaus. Es war ein kühler Herbstabend. Er ging die Straße hinunter, nach

Westen. An der ersten Seitengasse blieb er stehen. Er ging hinein, faßte in seine Manteltasche, nahm das eingewickelte Ding heraus und machte das Zellophan ab. Es sah aus wie Käse. Roch auch wie Käse. Er biß ein Stück ab. Es schmeckte wie Käse. Er aß es ganz auf, dann verließ er die Gasse und ging weiter die Straße hinunter.

Er ging in das erste Kino, das er sah, kaufte sich eine Karte und ging in den dunklen Saal. Er setzte sich in die hinterste Reihe. Es waren nicht viele Leute drin. Überall roch es nach Urin. Die Frauen auf der Leinwand waren im Stil der zwanziger Jahre gekleidet, und die Männer hatten das Haar mit Brillantine straff nach hinten gekämmt. Ihre Nasen wirkten sehr lang, und sie schienen Schminke unter den Augen zu haben. Es war nicht einmal ein Tonfilm. Sie hatten Zwischentitel. BLANCHE WAR NEU IN DER GROSSEN STADT. Ein Kerl mit einer glatten pomadigen Frisur nötigte Blanche, aus einer Ginflasche zu trinken. Blanche schien allmählich Schlagseite zu kriegen. BLANCHE WURDE BESCHWIPST. PLÖTZLICH KÜSSTE ER SIE.

Frank sah sich um. Überall schienen Köpfe auf und nieder zu gehen. Es waren keine Frauen im Kino. Die Kerle schienen sich gegenseitig abzukauen. Sie schmatzten und schmatzten. Sie schienen überhaupt nicht müde zu werden. Die Männer, die allein saßen, waren offenbar am Onanieren. Der Käse war gut gewesen. Er wünschte sich, der Portier hätte ihm mehr davon gegeben.

ER BEGANN BLANCHE ZU ENTKLEIDEN.

Ein Kerl saß in seiner Nähe. Jedesmal, wenn er sich umsah, schien der Kerl ein Stück näher gerückt zu sein. Sobald Frank auf die Leinwand sah, rückte der Kerl wieder zwei oder drei Sitze näher an ihn heran.

ER TAT BLANCHE, DIE NUN BERAUSCHT UND WEHRLOS WAR, GEWALT AN.

Er sah wieder hin. Der Kerl war jetzt drei Sitze entfernt. Er atmete schwer. Dann saß er auf dem Sitz neben ihm.

»Oh shit«, sagte der Kerl, »oh, shit, ooh ooh ooooh. Ah, ah! uaah! oh!«

ALS BLANCHE AM NÄCHSTEN MORGEN ERWACHTE, MERKTE SIE, DASS SIE IHRE UNSCHULD VERLOREN HATTE.

Der Kerl roch, als habe er sich noch nie den Arsch abgewischt. Der Kerl beugte sich zu ihm herüber. Speichel tropfte ihm aus den Mundwinkeln.

Frank drückte auf den Knopf seines Schnappmessers.

»Nimm dich in acht«, sagte er zu dem Kerl. »Wenn du mir noch näher kommst, hast du diese Klinge im Bauch!«

»Oh, mein Gott!«, sagte der Kerl. Er stand auf und rannte die Sitzreihe entlang zum Gang. Dann ging er rasch nach vorn und setzte sich in die erste Reihe. Dort machten es zwei Typen miteinander. Der eine wichste den anderen, während der ihn abkaute. Der Kerl, der Frank belästigt hatte, setzte sich daneben und sah den beiden zu.

BALD DANACH WAR BLANCHE IN EINEM FREU-DENHAUS.

Frank spürte einen Druck auf der Blase. Er stand auf und ging zu der Tür, auf der MÄNNER stand. Er ging hinein. Hier drin stank es nun wirklich. Er würgte, öffnete die Tür zur nächsten Toilette und ging hinein. Er nahm seinen Penis heraus und fing an zu pissen. Dann hörte er menschliche Laute.

»Oooooh shit oooooooh shit oooh ooooh mein Gott das ist ja eine Schlange eine Kobra oh mein Gott, oooo oooh!«

In die Trennwand zwischen den Toiletten war ein Loch gebohrt. Dahinter sah er ein Auge. Er schwenkte seinen Pecker herum und schiffte dem Kerl ins Auge.

»Ooooh ooooh, du Drecksau!«, sagte der Kerl. »Oooh du widerliches gemeines Stück Scheiße!«

Er hörte, wie der Kerl Klopapier abriß und sich damit das Gesicht abwischte. Dann begann der Kerl zu heulen. Frank ging aus der Toilette und wusch sich die Hände. Er hatte keine Lust mehr, den Rest des Films zu sehen.

Dann war er wieder auf der Straße und ging zurück zu seinem Hotel. Er kam ins Foyer. Der Portier winkte ihn zu sich her.

»Ja?«, sagte Frank.

»Schauen Sie, Mr. Evans, es tut mir leid. Ich hab' mir nur einen Spaß mit Ihnen erlaubt.«

»Womit?«

»Sie wissen schon.«

»Nein. Ich weiß es nicht.«

»Naja, von wegen daß Sie Ihren Verstand verlieren. Ich hab'

was getrunken, wissen Sie. Aber sagen Sie's bitte nicht weiter, sonst verlier' ich meinen Job. Ich hab' was getrunken. Ich weiß, daß Sie nicht Ihren Verstand verlieren. Ich hab nur einen Scherz gemacht.«

»Aber Sie haben ganz recht. Ich *verliere* den Verstand«, sagte Frank. »Und danke für den Käse.«

Er drehte sich um und ging die Treppe hoch. In seinem Zimmer setzte er sich an die Schreibkommode. Er nahm das Schnappmesser aus der Tasche, drückte auf den Knopf, sah auf die Klinge herunter. Sie war an der einen Seite scharf geschliffen, bis zur Spitze. Man konnte damit zustechen oder einen aufschlitzen. Er drückte auf den Knopf und verstaute das Messer wieder in seiner Tasche. Dann nahm er sich einen Bogen Papier und einen Federhalter und begann zu schreiben:

»*Liebe Mutter:*
Dies ist eine Stadt der Sünde. Überall regiert der Teufel. Sex ist allenthalben, aber nicht als ein Instrument des Schönen, wie es Gott gewollt hat, sondern als ein Instrument des Bösen. Ja, es ist ganz gewiß in die Hände des Teufels gefallen, in die Hände des Bösen. Junge Mädchen werden gezwungen, Gin zu trinken, und dann rauben ihnen diese Bestien die Unschuld und zwingen sie, in ein Freudenhaus zu gehen. Es ist schrecklich. Es ist unvorstellbar. Es zerreißt mir das Herz.
Gestern machte ich einen Spaziergang am Meer. Nicht am Strand entlang, sondern oben auf den Klippen, und dann setzte ich mich hin und sog all die Schönheit in mich auf. Die See, der Himmel, der Sand. Das Leben offenbarte sich in seiner Ewigen Glückseligkeit. Dann geschah etwas ganz Wunderbares. Drei kleine Eichhörnchen sahen mich von ganz unten, und sie begannen die Klippen zu erklettern. Ich sah ihre kleinen Gesichter, die aus Felsspalten und hinter Steinen hervor nach mir lugten, während sie zu mir herauf kletterten. Dann saßen sie mir zu Füßen. Ihre Augen sahen mich an. Nie, Mutter, habe ich schönere Augen gesehen – unverdorben von Sünde: der ganze Himmel, die ganze See, die Ewigkeit war in diesen Augen. Schließlich bewegte ich mich, und sie . . .«

Es klopfte an die Tür. Frank stand auf, ging hin, öffnete. Es war der Portier.

»Mr. Evans, bitte, ich muß mit Ihnen reden.«

»Na gut, kommen Sie herein.«

Der Portier schloß die Tür und blieb vor Frank stehen. Der Portier hatte eine Fahne. Es roch nach Wein.

»Mr. Evans, bitte sagen Sie der Geschäftsführung nichts von unserem Mißverständnis.«

»Ich weiß gar nicht, wovon Sie reden.«

»Sie sind ein Pfundskerl, Mr. Evans. Wissen Sie, ich hab' nämlich was getrunken.«

»Es ist Ihnen vergeben. Gehn Sie jetzt.«

»Mr. Evans, ich muß Ihnen noch etwas sagen.«

»Na schön. Was ist denn noch?«

»Ich liebe Sie, Mr. Evans.«

»Oh, Sie meinen *geistig*, äh, ja?«

»Nein, Ihren Körper, Mr. Evans.«

»Was?«

»Ihren Körper, Mr. Evans. Bitte nehmen Sie mirs' nicht übel, aber ich möchte, daß Sie mich pimpern!«

»Was??«

»DASS SIE MICH PIMPERN, Mr. Evans! Die halbe U. S. Navy hat mich schon gepimpert! Die Jungs wissen, was gut ist, Mr. Evans. Geht doch nichts über so'n kleinen sauberen Arschfick …!«

»Verlassen Sie augenblicklich mein Zimmer!«

Der Portier warf Frank die Arme um den Hals, und im nächsten Augenblick preßte er seinen Mund auf Frank's Mund. Der Mund des Portiers war sehr naß und kalt, und er stank. Frank stieß ihn von sich weg.

»Sie verdorbenes Subjekt! SIE HABEN MICH GE-KÜSST!«

»Ich liebe Sie, Mr. Evans!«

»Sie widerliches Schwein!«

Frank hatte das Messer in der Hand. Er drückte auf den Knopf, und die Klinge schnellte heraus. Er stieß sie dem Portier in den Bauch. Dann zog er sie wieder heraus.

»Mr. Evans … mein Gott …«

Der Portier fiel auf den Boden. Er preßte beide Hände auf die Wunde und versuchte das Blut aufzuhalten.

»Sie Schwein! SIE HABEN MICH GEKÜSST!«

Frank bückte sich und zerrte dem Portier den Reißverschluß auf. Er packte den Penis des Portiers, zog ihn gerade
und säbelte ¾ davon ab.
»Oh, mein Gott mein Gott mein Gott mein Gott...«, sagte
der Portier.
Frank ging mit dem Ding ins Badezimmer, warf es in die
Kloschüssel und zog die Spülung. Dann wusch er sich mit
Seife und Wasser gründlich die Hände. Er kam heraus,
setzte sich wieder an den Tisch und nahm den Federhalter
in die Hand.

»... rannten weg, aber ich hatte die Ewigkeit geschaut.
Mutter, ich muß fort aus dieser Stadt, aus diesem Hotel –
der Teufel hat fast alle Menschen in seiner Gewalt. Ich
schreibe Dir wieder aus der nächsten Stadt – vielleicht San
Francisco, Portland oder Seattle. Ich möchte nach Norden
gehen. Ich denke immer an Dich und hoffe, daß Du glück-
lich bist und bei guter Gesundheit, und möge Gott der Herr
immer mit Dir sein.

Herzliche Grüße
von Deinem Sohn Frank.«

Er schrieb die Adresse auf den Umschlag, verschloß ihn,
klebte eine Briefmarke darauf. Dann ging er zum Schrank
und steckte den Brief in die Innentasche seines Mantels. Er
holte den Koffer vom Schrank, legte ihn auf das Bett,
klappte ihn auf und begann zu packen.

Im Knast
mit Staatsfeind Nr. 1

1942 war ich in Philadelphia, ich lebte damals allein, hatte einen kleinen Plattenspieler und hörte mir gerade etwas von Brahms an. Es war der 2. Satz einer Symphonie von Brahms. Ich trank langsam eine Flasche Port und rauchte eine billige Zigarre dazu. Das Zimmer war klein, aber sauber.

Es klopfte an die Tür. Zwei große dumpfe Kerle. Sie sahen aus wie Hinterwäldler.

»Bukowski?«

»Yeah.«

Sie zeigten mir eine Hundemarke. FBI.

»Mitkommen. Und ziehn Sie sich einen Mantel an. Sie werden eine Weile weg sein.«

Ich wußte nicht, was ich verbrochen hatte. Ich fragte erst gar nicht danach. Ich sagte mir, daß sowieso alles verloren war. Einer der beiden stellte den Brahms ab. Wir gingen die Treppen hinunter und hinaus auf die Straße. Überall hingen Köpfe aus den Fenstern. Es war, als wüßten alle Bescheid.

Dann die unvermeidliche Frauenstimme: »Oh, da haben sie diesen schrecklichen Mann! Endlich holen sie ihn!«

Ich finde eben bei den Ladies einfach keinen Anklang.

Ich überlegte krampfhaft, was ich wohl getan haben könnte, und mein einziger Einfall war, daß ich anscheinend im Suff einen ermordet hatte. Aber ich verstand nicht, wieso das ein Fall für die Bundespolizei sein sollte.

»Hände auf die Knie! Und nicht bewegen!«

Vorne saßen zwei, und zwei saßen hinten bei mir. Aus diesem Aufwand schloß ich, daß ich offensichtlich einen ermordet hatte, der einiges bedeutete.

Nachdem wir ein Stück weit gefahren waren, vergaß ich mich und langte mit der einen Hand hoch, um mich an der Nase zu kratzen.

»LASSEN SIE DIE HAND UNTEN!«

Wir kamen ins Büro, und einer der Agenten zeigte auf eine Reihe von Fotos, die ringsum an den Wänden hingen.

»Sehen Sie diese Fotos?«, fragte er streng.

Ich drehte mich einmal im Kreis und sah mir die Fotos an. Sie waren alle schön eingerahmt, aber keines der Gesichter sagte mir etwas.

»Ja, ich seh' die Fotos«, sagte ich.

»Das sind alles FBI-Beamte, die im Dienst ihr Leben gelassen haben.«

Ich wußte nicht, was er jetzt von mir hören wollte, deshalb sagte ich gar nichts.

Sie führten mich in einen anderen Raum. Ein Mann saß hinter dem Schreibtisch.

»WO IST IHR ONKEL JOHN?!«, schrie er mich an.

»Was?«, fragte ich.

»WO IHR ONKEL JOHN IST!«

Ich verstand nicht, was er wollte. Einen Augenblick lang dachte ich, es gehe ihm um irgendein geheimes Werkzeug, mit dem ich im Suff Leute umbrachte. Ich war nervös. Nichts ergab einen Sinn.

»Ich meine JOHN BUKOWSKI!«

»Ach der. Der ist gestorben.«

»Scheiße. Kein Wunder, daß wir ihn nirgends finden können!«

Sie schafften mich nach unten, in eine gelbrote Zelle. Es war Samstagnachmittag. Aus meinem Zellenfenster konnte ich draußen die Leute vorbeigehen sehen. Hatten die ein Glück. Auf der anderen Straßenseite war ein Plattenladen. Aus einem Lautsprecher drang Musik zu mir herüber. Alles wirkte so frei und locker da draußen. Ich stand da und versuchte dahinter zu kommen, was ich verbrochen hatte. Mir war zum Heulen zumute, aber es kamen keine Tränen. Ich fühlte mich einfach jämmerlich und elend. Wie man sich eben fühlt, wenn es schlimmer nicht mehr kommen kann. Ich nehme an, ihr kennt das auch. Ich denke, jeder erlebt es von Zeit zu Zeit. Aber ich glaube, daß ich es schon ein bißchen oft erlebt habe. Zu oft.

Der Knast von Moyamensing erinnerte mich an eine alte Burg. Ein wuchtiges Tor aus Holzbohlen, dessen beide Flügel nach innen aufgingen, als wir ankamen. Ich wunderte mich, daß wir nicht auch noch über einen Wassergraben gingen.

Sie steckten mich zu einem feisten Mann in die Zelle, der aussah wie ein vereidigter Wirtschaftsprüfer.

»Ich bin Courtney Taylor, Staatsfeind Nr. 1«, eröffnete er mir. »Wegen was bist du drin?«

Ich wußte es inzwischen. Ich hatte mich bei der Einlieferung danach erkundigt.

»Wehrdienstverweigerung«, sagte ich.

»Es gibt zwei Sorten von Leuten, die wir hier drin nicht leiden können: Wehrdienstverweigerer und Exhibitionisten.«

»Ehrensache unter Dieben, hm? Das Land gut in Schuß halten, damit ihr es ausnehmen könnt.«

»Wehrdienstverweigerer können wir jedenfalls nicht leiden.«

»Ich bin in Wirklichkeit ganz unschuldig. Bin umgezogen und hab' vergessen, denen von der Musterungsbehörde meine neue Adresse zu sagen. Aber bei der Post hab' ich immer einen Nachsendeantrag gestellt. Dann krieg' ich hier in der Stadt einen Schrieb aus St. Louis nachgeschickt, in dem steht, ich soll zur Musterung erscheinen. Ich hab' ihnen geschrieben, daß ich nicht nach St. Louis kommen kann, und sie sollen mich hier mustern lassen. Da haben sie mich hopps genommen und hier reingesteckt. Ich versteh' das nicht. Wenn ich mich vor der Musterung drücken wollte, hätte ich ihnen doch nicht meine Adresse gegeben.«

»Ihr Typen seid immer unschuldig. Immer die gleichen faulen Ausreden.«

Ich legte mich auf meine Pritsche und machte es mir bequem.

Ein Schließer kam vorbei.

»HEB DEINEN TOTEN ARSCH DA RUNTER!«, brüllte er mich an.

Ich hob meinen toten Wehrdienstverweigerer-Arsch da runter.

»Bist du vielleicht lebensmüde?«, fragte mich Taylor.

»Ja«, sagte ich.

»Reiß da oben von der Decke das Kabel runter, an dem die Glühbirne ist. Mach den Eimer da voll Wasser und stell dich mit einem Fuß rein. Schraub die Glühbirne raus und steck deinen Finger in die Fassung. Dann bist du aus allem raus.«

Ich sah eine ganze Weile zu dieser Glühbirne hoch.

»Danke, Taylor. Du bist wirklich eine Hilfe.«

Nach dem Zapfenstreich legte ich mich lang, und da kamen sie an. Bettwanzen.

»Scheiße, was ist denn das?!«, schrie ich.

»Wanzen«, sagte Taylor. »Wir haben Wanzen.«

»Wetten, daß ich mehr Wanzen hab' als du?«, sagte ich.

»Wieviel wollen wir wetten?«

»Zehn Cents?«

»Zehn Cents.«

Ich fing an, meine zur Strecke zu bringen. Ich legte sie nebeneinander auf unseren kleinen Tisch.

Schließlich bliesen wir die Jagd ab. Wir brachten unsere Wanzen nach vorn zur Zellentür, wo ein bißchen Licht durchkam, und zählten sie. Ich hatte 13. Er hatte 18. Ich gab ihm die 10 Cents. Erst später kam ich dahinter, daß er seine immer in zwei Teile brach und ›streckte‹. Dieser Schwindler. Ein richtiger Profi, der Scheißkerl.

Ich erwischte eine Glückssträhne bei den Würfelspielen unten auf dem Gefängnishof. Ich gewann Tag um Tag und wurde langsam reich. Jedenfalls für Knastverhältnisse. Ich kassierte jeden Tag 15 oder 20 Dollar ab. Würfelspiele waren verboten, und von den Türmen herunter richteten sie immer wieder ihre Maschinenpistolen auf uns und brüllten: »AUSEINANDER!« Aber wir schafften es regelmäßig, ein neues Spiel in Gang zu bringen.

Ein Exhibitionist hatte die Würfel eingeschmuggelt. Er war ein besonders unsympathisches Exemplar. Ich konnte ihn nicht leiden. Ich konnte sie eigentlich alle nicht leiden. Sie hatten alle weichliche Kinnpartien, wäßrige Augen, kurze Hälse und eine schleimige Art. Männer waren sie nur noch zu 1/10. Nicht ihre Schuld, nehme ich an, aber ich mochte sie einfach nicht gerne ansehen.

Dieser eine hier kam nach jedem Spiel zu mir her.

»Du bist heiß, du bist groß am Gewinnen, gib mir ein bißchen was ab.«

Ich drückte ihm ein paar Münzen in seine feuchte Hand,

und er verdrückte sich damit, der schmierige Schweinepriester, und träumte davon, wie er 3jährigen Mädchen
seinen Schwanz zeigte.

Ich konnte mich nur mit Mühe davon abhalten, ihm die
Fresse zu polieren, aber man landete in der Isolierzelle,
wenn man einem die Fresse polierte, und im Loch war es
deprimierend, und was noch schlimmer war: man bekam
nur Wasser und Brot.

Ich hatte gesehen, wie sie da rauskamen. Es dauerte
jedesmal einen Monat, bis sie wieder halbwegs normal
aussahen. Aber Mißgeburten waren wir ja alle. Ich auch.
›Ich bin selber eine Mißgeburt‹, dachte ich. ›Ich sollte nicht
so hart zu ihm sein.‹ Wenn ich ihn nicht sah, konnte ich
noch vernünftig denken.

Ich war reich. Jeden Abend nach Zapfenstreich kam der
Koch und schleppte Essen an. Gutes Essen. Und reichlich.
Eiskrem, Kuchen, Pasteten, guten Kaffee. Taylor sagte, ich
solle ihm nie mehr als 15 Cents geben, das sei genug. Der
Koch bedankte sich flüsternd und fragte dann, ob er in der
nächsten Nacht wiederkommen solle.

»Unbedingt, ja«, sagte ich jedesmal.

Dies war das Essen, das auch der Gefängnisdirektor aß,
und der lebte offensichtlich sehr gut. Die Häftlinge waren
alle am Verhungern, und Taylor und ich liefen herum und
sahen aus, als seien wir im 9. Monat.

»Er ist ein guter Koch«, sagte Taylor. »Er hat zwei Männer
auf dem Gewissen. Erst hat er einen gekillt, und kaum war
er raus, da hat er gleich den nächsten gekillt. Jetzt sitzt er
lebenslänglich, falls er nicht einen Ausbruch schafft. Neu-
lich abends hat er sich einen Matrosen geschnappt und in
den Arsch gefickt. Hat diesem Matrosen richtig den Arsch
aufgerissen. Der Matrose konnte 'ne ganze Woche nicht
mehr gehen.«

»Ich mag den Koch«, sagte ich. »Ich finde, er ist ein netter
Kerl.«

»Ist er auch«, sagte Taylor.

Wir beschwerten uns beim Schließer immer wieder wegen
der Bettwanzen, und der Schließer brüllte jedesmal:
»WAS GLAUBT IHR EIGENTLICH, WO IHR HIER
SEID? IM HOTEL? IHR TYPEN HABT DIE VIECHER
SELBER HIER REINGESCHLEPPT!«

Was wir natürlich als Beleidigung auffaßten.

Die Schließer waren gemein, die Schließer waren stroh-
dumm, und die Schließer hatten Angst. Sie taten mir
leid.

Schließlich verlegten sie Taylor und mich in zwei andere
Zellen und räucherten unsere alte Zelle aus.

Ich traf Taylor unten auf dem Hof.

»Ich hab' einen jungen Kerl auf der Zelle«, sagte Taylor.
»Sitzt zum erstenmal. Dämlicher Typ. Hat von nichts 'ne
Ahnung. Zum Kotzen.«

Bei mir war es ein alter Mann, der kein Englisch konnte und
den ganzen Tag auf dem Pott hockte und sagte: »TARA
BUBBA EAT, TARA BUBBA SHEET!« Das sagte er in
einer Tour. Er hatte den Sinn des Lebens geschnallt: essen
und scheißen. Vermutlich redete er von einer mythologi-
schen Gestalt aus seiner Heimat. Vielleicht meinte er Taras
Bulba. Was weiß ich. Als ich meinen ersten Hofgang hatte,
riß er mein Bettlaken in Streifen und machte sich eine
Wäscheleine daraus. Als ich zurück in die Zelle kam, hatte
er seine Socken und Unterhosen dranhängen, und überall
tropfte es auf mich herunter. Der alte Mann verließ nie die
Zelle, er ging nicht einmal duschen. Er hatte nichts verbrochen, wie man mir sagte. Er wollte einfach dableiben, und
sie ließen ihn. Ein Zeichen von Nächstenliebe?

Ich hielt ihm eine Standpauke, denn ich kann keine blanke
Wolldecken auf meiner Haut vertragen. Ich habe eine sehr
empfindliche Haut.

»Du dämliches Stinktier!«, schrie ich ihn an. »Ich hab'
schon einen kaltgemacht, und wenn du dich nicht am
Riemen reißt, dann sind es bald ZWEI!«

Aber er hockte einfach auf seinem Pott und lachte mich
an und sagte: »TARA BUBBA EAT, TARA BUBBA
SHEET!«

Da mußte ich eben aufstecken. Immerhin, ich brauchte nie
den Boden zu schrubben. Sein kleines Reich war immer
schön naß und blitzblank. Wir hatten die sauberste Zelle in
ganz Amerika. Auf der ganzen Welt. Und er genoß dieses
zusätzliche Essen jeden Abend. Weiß Gott, das tat er.

Die vom FBI entschieden, daß ich mich nicht absichtlich
vor der Musterung gedrückt hatte, und sie schafften mich

runter zur Musterungsbehörde. Sie schafften viele von uns da runter. Ich wurde körperlich für voll tauglich befunden, und dann kam ich vor den Psychiater.

»Glauben Sie an den Krieg?«, fragte er.

»Nein.«

»Sind Sie bereit, in den Krieg zu gehen?«

»Ja.«

(Ich hatte so eine verrückte Vorstellung, daß ich aus einem Graben springen und im Kugelhagel losmarschieren würde, bis es mich erwischte.)

Lange Zeit schrieb er auf ein Blatt Papier und sagte kein Wort. Dann sah er hoch.

»Übrigens, wir haben nächsten Mittwochabend eine Party. Es kommen Ärzte und Künstler und Schriftsteller. Ich möchte Sie dazu einladen. Werden Sie kommen?«

»Nein.«

»Na schön«, sagte er. »Sie brauchen nicht zu gehen.«

»Wohin?«

»In den Krieg.«

Ich sah ihn entgeistert an.

»Sie haben wohl nicht gedacht, daß wir Sie verstehen würden, wie?«

»Nein.«

»Geben Sie dieses Papier dem Mann da hinten im Büro.«

Es war eine ganze Strecke zu gehen. Das Blatt Papier war zusammengefaltet und mit einer Büroklammer an meine Karte angeheftet. Ich hob es an einer Ecke an und sah rein: »... verbirgt hinter seinem Pokergesicht eine übergroße Empfindlichkeit...« So ein Witz, dachte ich. Du meine Güte. Ich und empfindlich!

Und das war das Ende von Moyamensing. Und so gewann ich den Krieg.

Charles Bukowski

Aufzeichnungen eines Außenseiters
Aus dem Amerikanischen von Carl Weissner
Band 10484

Das Leben und Sterben im Uncle Sam Hotel
Stories
Aus dem Amerikanischen von Carl Weissner
Band 10479

Die Ochsentour
Mit Fotos von Michael Montfort
Band 10679

Fuck Machine
Stories
Aus dem Amerikanischen von Wulf Teichman
Band 10678

Kaputt in Hollywood
Stories
Herausgegeben und aus dem Amerikanischen
von Carl Weissner
Band 10680

Schlechte Verlierer
Stories
Herausgegeben und aus dem Amerikanischen
von Carl Weissner
Band 10482

Fischer Taschenbuch Verlag

Amerikanische Erzähler

Ernest Hemingway
Wem die Stunde schlägt
Roman
Aus dem Amerikanischen von Paul Baudisch
Band 408

Arthur Miller
Laßt sie bitte leben
Short Stories
Aus dem Amerikanischen von Harald Goland
Band 11412

Sylvia Plath
Die Bibel der Träume
Erzählungen, Prosa aus den Tagebüchern
Aus dem Amerikanischen von
Julia Bachstein und Sabine Techel
Band 9515

Thornton Wilder
Theophilus North
oder Ein Heiliger wider Willen
Roman
Aus dem Amerikanischen von Hans Sahl
Band 10811

Tennessee Williams
Moise und die Welt der Vernunft
Roman
Aus dem Amerikanischen von Elga Abramowitz
Band 5079

Fischer Taschenbuch Verlag

fi 540 / 8

Amerikanische Erzähler

Mark Helprin
Eine Taube aus dem Osten
und andere Erzählungen
Aus dem Amerikanischen von Hans Hermann
Band 9580

Richard Ford
Der Frauenheld
Novelle
Aus dem Amerikanischen von Martin Hielscher
Band 12919

Bobbie Ann Mason
Shiloh und andere Geschichten
Erzählungen
Aus dem Amerikanischen von Harald Goland
Band 5460

Jayne Anne Phillips
Überholspur
Short Stories
Aus dem Amerikanischen von Karin Graf
Band 10172

Anne Tyler
Nur nicht stehenbleiben
Roman
Aus dem Amerikanischen von Günther Danehl
Band 11409

Fischer Taschenbuch Verlag

Jayne Anne Phillips
Sommercamp
Roman

Aus dem Amerikanischen
von Karin Kersten
416 Seiten. Leinen

August 1963. In der wildromantischen Szenerie West Virginias
hat ein Sommercamp seine Zelte aufgeschlagen. Tagaus tagein
werden dort Pfadfinderinnen, allesamt zwischen zehn und fünfzehn Jahren alt, auf Trab gehalten. Sie marschieren, turnen, rei-
ten, schießen, schwimmen … und stecken die Köpfe zusammen:
Lenny, Alma, Delia und Cap. Bald erweist sich freilich, daß
jede der vier Unzertrennlichen dunkle Geheimnisse mit sich
herumträgt. Cap ist ein ungeliebtes Kind, Delias Vater kam unter ungeklärten Umständen ums Leben, Alma wird von ihrer
Mutter zur Mitwisserin einer außerehelichen Affäre gemacht,
und Lenny quälen bedrückende Erinnerungen. Aber auch ab-
seits des Camps »Shelter«, das seinen sprechenden Namen mehr
als einmal Lügen straft, kommen die Mädchen mit dem Bösen
in Berührung, denn im Wald, da sind die Räuber: ein herum-
streunender Bibelfanatiker, ein ehemaliger Sträfling, ein verstör-
ter kleiner Junge. Die bedrohliche, durch die stickige Schwüle
noch angeheizte Spannung entlädt sich schließlich in einem
folgenschweren Akt der Gewalt.

S. Fischer

fi 503 / 3

Dylan Thomas

Porträt des Künstlers als junger Hund

Autobiographische Erzählungen

Aus dem Englischen von
Erich Fried, Roger Charlton, Detlev Gohrbandt,
Bruno von Lutz, Klaus Martens, Alexander Schmitz

Band 11363

Nach den frühen surrealistischen Erzählungen und den Gedichten erscheint mit diesem Band nun das Prosahauptwerk
des walisischen Dichters erstmals vollständig in deutscher
Sprache. Es sind überwiegend autobiographische Schriften,
die von seiner Kindheit und Jugend handeln – der Zeit also,
wie es bei Dylan Thomas heißt, in der man fühlt, denkt und
redet »wie Männer an der Grenze eines unbetretenen Lan-
des«. Diese Jahre bilden das Kraftfeld, das seine späteren Arbeiten speist. Indem er in diesen Geschichten und Prosaskiz-
zen vom ländlichen und kleinstädtischen Leben in den 20er
und 30er Jahren in Wales erzählt, von einfachen, manchmal
skurrilen Menschen bei der Arbeit oder in den Kneipen,
von kleinen, sehr zart beobachteten Liebesdramen und immer wieder von der rauschhaft empfundenen Natur, erzählt
Dylan Thomas zugleich auch episodenhaft von seiner Ent-
wicklung zum Dichter. Natürlich spielt der Titel dieser Samm-
lung auf den berühmten Roman ›A Portrait of the Artist as
a Young Man‹ von James Joyce an. Thomas tritt gewisser-
maßen in einen künstlerischen Dialog mit dem großen Iren,
ohne freilich dessen Sprachskepsis zu teilen. Im Gegenteil:
Wie wenn es Joyce gar nicht gegeben hätte, benützt Thomas
den Reichtum der Typen und Eindrücke, den ihm die Pro-
vinz bietet, und formt daraus seine poetischen Texte. Ein
knappes Fünftel davon sind von Erich Fried übertragen.

Fischer Taschenbuch Verlag

Gilbert Sorrentino
Steelwork

Ein Brooklyn-Roman

Aus dem Amerikanischen von Joachim Kalka
Band 11074

›Steelwork‹ (1970) von Gilbert Sorrentino ist ein Stadtteilroman - ›Ein Brooklyn-Roman‹ -, wie man ihn sich realistischer und härter auch 1993 nicht vorstellen kann. In 96 kurzen Kapiteln entsteht mit einem Personal von gut 30 immer wiederkehrenden Personen – Underdogs aus Brooklyn – ein bis zum Kaum-Erträglichen schrilles Bild vom Leben »in den verfaulten Straßen rund um die Achtundsechzigste« zwischen 1935 und 1951. Die zeitlichen Vor- und Rücksprünge sind sinnfälliger Ausdruck dieser chaotischen Szene, in der es keine Kontinuität, keine Perspektive, keine Hoffnung gibt – »...der Langzeiteffekt des Lebens in Amerika fraß die Seele auf, breitete sich von dort im ganzen Körper in Form von Alkoholismus oder anderen Spielarten gesellschaftlicher Verzweiflung aus«. All die Typen – chancenlos von Anfang an, gefangen in ihren Besessenheiten von Sexualität und Brutalität, in geilen Sehnsuchtsträumen und verzweifelter Gemeinheit – verkommen jeder auf seine Weise, allenfalls ist eine Karriere drin als Abtreibungsschwindler, Glückwunschkartenverkäufer, korrupter Unterbeamter oder psychisch ruinierter Veteran mit Dauerschmerz und Metallplatte im Kopf. Die Authentizität von Sorrentinos Roman ist überwältigend: sie ist im wesentlichen Ergebnis einer unglaublich zupackenden, Drastik und Poesie bis zum äußersten ausreizenden Sprache.

Fischer Taschenbuch Verlag

fi 1600 / 4

New York erzählt

23 Erzählungen

Ausgewählt und mit einer Nachbemerkung
von Stefana Sabin

Band 10174

New York ist die heimliche Hauptstadt der USA, die Welt-
hauptstadt des zwanzigsten Jahrhunderts: die Hauptstadt des
Geldes und der Ideen, Schmelztiegel von Rassen und Kultu-
ren – Großstadtdschungel und Großstadtromantik. Immer
schon Schauplatz von Fiktionen, wurde New York in den letzten Jahren auch von den jüngeren amerikanischen Autoren
entdeckt, die eine neue Welle urbaner Literatur angeregt haben. Sie setzen eine Tradition fort, die dieser Band widerspie-
gelt, indem er mehrere Erzählergenerationen vereinigt. Die
Erzählungen, darunter drei als deutsche Erstveröffentlichung,
handeln von Geschäft und Erfolg, von Künstlerleben und bür-
gerlichen Existenzen, von Rassismus und Gewalt, von Liebe
und Einsamkeit. Jede zeugt auf eine ganz eigene Weise von der
Faszination der Stadt New York und gibt damit auch den
Eindruck von der Vielfalt der amerikanischen Erzählliteratur
dieses Jahrhunderts.

Es erzählen:
*O. Henry, Djuna Barnes, Thomas Wolfe,
Zelda Fitzgerald, James Thurber, John Cheever, Irwin Shaw,
Bernard Malamud, Herman Wouk, Arthur Miller,
James Jones, Grace Paley, Kurt Vonnegut, James Baldwin,
Truman Capote, Donald Barthelme, John Updike,
Woody Allen, Mary Flanagan, Mark Helprin, Stephen King,
Ann Beattie und Tama Janowitz.*

Fischer Taschenbuch Verlag

fi 1382 / 4

Dies ist die Vorderseite unseres zweiseitig bedruckten

Bukowski-Posters

Das Poster in der Größe 61 x 86 cm gibt es gegen
DM 10,– in Briefmarken (für Porto und Verpackung)
vom

MaroVerlag
Riedingerstraße 24 · 86153 Augsburg

Jetzt nochmals erweiterte Neuausgabe:
BUK – von und über Charles Bukowski
Mit farbigen Zeichnungen von BUK!
220 S. · 28 DM · **In jeder guten Buchhandlung**